AF446898

Alberto VENTUNO

LA NUEVA TITANOMAQUIA

La resurrección de Zeus & Co.

Prefacio

Una nueva y despiadada guerra está a punto de estallar y no será una guerra convencional. El adversario es inmortal y aspira al control total del universo. ¿Ganarán?
¡Tal vez no lo sabías, pero Zeus y compañía están de vuelta y va a ser caliente! Mientras que su primera batalla *"Titanomaquia"* les enfrentó a Cronos y sus aliados titanes, esta vez son los titanes tecnológicos y geopolíticos de la Tierra los que están en su punto de mira.

Pero, ¿dónde han estado hasta ahora? Uno se pregunta... Resulta que todo este tiempo estuvieron en un *"agujero negro"* en el que se habían aventurado hace miles de años en la Tierra. En otras palabras, fueron víctimas de *la dilatación del tiempo*, causada por la fuerza gravitatoria del agujero negro, que provoca la ralentización del tiempo. Una vez que el agujero negro alcanzó su estado final, o incluso estacionario, el tiempo se detuvo por completo para Zeus y compañía.

Una vez que lograron escapar de este estado de inmovilidad, se apresuraron a ir al Olimpo en la región del éter, por encima de nuestras cabezas en la atmósfera de la Tierra. Pero cuando llegaron a casa, no podían creer lo que veían. ¡Los mortales lo habían estropeado todo! Un planeta al borde del colapso, guerras, pandemias, desastres naturales y miseria para la mayoría de los humanos.

Así que había que arreglar el mundo y poner orden en el desorden. Convocaron *la Asamblea de los Dioses*, la asamblea divina, para elaborar una estrategia sobre cómo afrontar esta situación desesperada en el planeta Tierra.

El Génesis

Todo comenzó hace miles de años, cuando el mundo estaba gobernado por una banda de dioses crueles y neuróticos. Una dinastía abominable que sembró el terror sobre la Tierra e infligió los peores tormentos. A la cabeza de esta dinastía estaban Urano (el hacedor de lluvia) y Gea (la diosa madre de las razas divinas). Así, Urano sería el primero en gobernar el mundo entero.

Sin embargo, a Urano le disgustaron dos monstruos gigantes nacidos de su esposa, uno con un solo ojo en medio de la frente (Cíclope) y el otro un Centimano con cien brazos (Hecatónquiros). Avergonzado por estos dos feos divinos, Urano decidió encerrarlos en el Tártaro, una especie de

"Guantánamo" hiperseguro con todas las formas de tortura física o psicológica en el menú.

Gea, indignada por este acto no paternal de su marido, organizó un *"golpe de palacio"* en el que su hijo Cronos, a petición de su madre, castró a su padre y ocupó su lugar. Contra todo pronóstico, él también hizo lo mismo que su padre y arrojó a Hecatónquiros y Cíclopes al Tártaro.

Así comenzó la *"Edad de Oro"*, un periodo privilegiado de paz, armonía, justicia y felicidad. Un paraíso como ningún otro, donde la gente no necesitaba trabajar para comer, pues la Tierra proporcionaba alimentos en abundancia. A esto se añadía una vida casi eterna, sin vejez ni enfermedad. Y, por último, un final pacífico de la vida sin ningún tormento.

Desgraciadamente, este pasado próspero y perfecto no duró y Cronos cayó en los mismos caminos que su padre. Después de casarse con su hermana Rea, empezó a tragarse a sus hijos, porque su padre, Urano, le había echado una maldición para que uno de sus hijos se volviera contra él. El único superviviente de esta locura de Cronos fue su último hijo Zeus que, gracias a su madre, escapó a este triste destino.

Rea huyó a Creta para dar a luz y lo confió a una comunidad masculina que vivía en la isla, que lo ocultó de la vista de Cronos. Zeus, alimentado por la leche orgánica de Amaltea, obtuvo su titánico bachillerato con la distinción *"muy divino"* unos años después y se vengó de su loco padre liberando a sus hermanos que se unieron a él en su rebelión. Así estalló la primera *"Titanomaquia"* y Zeus, con la valiosa ayuda de su tía Temis y su primo Prometeo, logró una rápida victoria.

Zeus sucedió así a su padre, liderando una nueva generación de dioses que se instaló en una residencia de cinco estrellas en el Olimpo. Sin embargo, como gesto de negocio divino, Zeus acabó concediendo una amnistía celestial a los perdedores de la guerra de los Titanes. Así, Cronos y sus aliados titanes fueron liberados de su prisión subterránea y enviados al exilio en el distrito 8 de París, en los Campos Elíseos.

Tras consolidar su base de poder, se lanzó a un desenfreno irracional y carnal, acostándose con cualquiera que se cruzara en su camino: mortales, diosas y ninfas. Este tipo era un auténtico mujeriego y sus conquistas amorosas eran numerosas y nada ni nadie podía resistirse a él.

Gracias a sus innumerables aventuras, incluso infidelidades, ganó varios *Óscar de adulterio* y el título de *"Dios de los infieles"*. Además, fue Zeus quien creó a Ganímedes, el dios del amor homosexual. Según los mitos griegos, Zeus mantuvo relaciones amorosas con el apuesto Ganímedes, hijo del rey Tros. Locamente fascinado por su extraordinaria belleza, Zeus se transformó en águila y secuestró a Ganímedes, convirtiéndolo en su amante inmortal y en el copero de los dioses.

Obviamente, sus aventuras extramatrimoniales fueron la causa de frecuentes disputas entre los cónyuges divinos. Parece que, incluso en aquellos días, los celos entre las parejas celestiales eran exactamente como su versión terrenal. Sin embargo, dado su poder absoluto, Zeus era intocable y a menudo eran otros los que pagaban el precio de sus travesuras. Por ejemplo, cansada de escuchar todo el día la canción *"It's fun to stay at the YMCA"*, se dice que Rea, loca de celos, provocó una guerra en la que toda Grecia se levantó contra los troyanos y los masacró.

Según las estadísticas celestiales de la época, Zeus tenía unas cincuenta amantes y unos setenta hijos, algunos de los cuales eran hijos de semidioses. Además, hay niños cuyo origen materno se desconoce.

Además, sus relaciones extramatrimoniales no conocían límites geográficos, extendiéndose incluso a Asia, donde, según una anécdota celestial, cayó bajo el hechizo de una princesa asiática. Esta hermosa joven, que llevaba su rebaño de ganado a los pastos, fue seducida por un Zeus disfrazado de toro. Así que se subió al toro, que se encabritó y se fue a Creta. Además, esta princesa que había sucumbido al fatal encanto de Zeus se llamaba *Europa*. Ahora estoy completamente perdido, ¿significa eso que incluso Europa es "made in China"?

Zeus también era conocido por su narcisismo. Le gustaba posar para los paparazzi, ya sea de pie, avanzando con un rayo en la mano derecha levantada, o sentado con majestuosidad. También era muy ostentoso, haciendo gala de un lujo llamativo, de ahí su nombre Zeus, que significa *"brillar"*.

Al cabo de un tiempo, como ocurre con todos los playboys, Zeus se aburrió y procedió a inventar un nuevo "juguete", a saber, la vida en la Tierra con animales y humanos. Para ello recurrió a dos hermanos titanes, Epimeteo y Prometeo, que fueron sus aliados durante la Titanomaquia y, por tanto, fueron recompensados con creces por su lealtad a Zeus. Así, Prometeo fue encargado de dar vida a cada criatura y Epimeteo de armarlas para que se defendieran.

Encargados de la creación de la vida en la Tierra, los dos hermanos se pusieron a trabajar creando seres vivos y concediéndoles dones para que pudieran sobrevivir. Epimeteo, con un coeficiente intelectual inferior al de su hermano, se puso a trabajar por su cuenta y después de crear todos los animales y darles dones como la fuerza, la velocidad, las garras y los colmillos, no le quedó nada que dar a los humanos.

Desnudo, desamparado, desarmado y desprotegido, el hombre estaba condenado a desaparecer rápidamente frente a una naturaleza terrestre hostil y salvaje. Reconociendo su propia estupidez, Epimeteo pidió ayuda a su astuto y previsor hermano. Prometeo, en colaboración con la diosa de la sabiduría Atenea, ideó un plan.

Hicieron que el hombre fuera a imagen y semejanza de los dioses y les dieron los conocimientos para que fueran superiores a los animales. El hecho de poder mantenerse en pie sobre dos piernas da al Hombre un cuerpo más alto y distinguido. A esto le siguieron algunos cursos de metalurgia y agricultura. La última pieza del rompecabezas era el fuego sagrado, sin el cual el hombre poco podía hacer: era el primer robo del mundo.

Así, el don del fuego corrigió la debilidad humana. Armado con un alto coeficiente intelectual y unos cuantos doctorados en metalurgia y otras artes, el hombre consigue sobrevivir.

En cuanto a la dieta humana, también se la debemos a Prometeo. En otras palabras, nos convertimos en carnívoros por una disputa entre los humanos y los dioses. Básicamente, los dioses exigían que los humanos se llevaran la parte del león de las presas en los sacrificios, lo que no gustaba a los humanos, que pensaban que esto era injusto. El suministro de vitamina B12 era esencial para ellos. Al fin y al cabo, los dioses no necesitan vitaminas.

Así que nuestro querido Prometeo vino en nuestra ayuda con el siguiente truco. Mató un enorme buey y lo cortó en dos partes. Una contiene toda la carne, cubierta con una simple piel y la otra está llena de huesos y despojos cubiertos con una gruesa capa de grasa. Entonces le pidió a Zeus que eligiera uno de ellos y él eligió la grasa y los huesos.

Así que nuestro destino estaba marcado, ¡hola ácido úrico y colesterol! Los vegetarianos nunca perdonarán a Prometeo por esto.

Tras darse cuenta de que había sido engañado, Zeus prohibió a los hombres utilizar el fuego para cocinar la carne, lo que obligó a Prometeo, nuestro fiel aliado, a robarla de nuevo. Esto provocó una nueva venganza de Zeus, que ordenó la creación de un mal destinado a los humanos, a saber, *Pandora*, la primera mujer mortal de la Tierra, y ofreció su mano a Epimeteo. Así nació la misoginia, otro invento de Zeus el misógino supremo.

Llena de dones divinos como la inteligencia, la belleza, la mentira y la astucia, Lady Pandora conquista el corazón de Epimeteo. Trajo consigo una caja que, una vez abierta, liberaría todos los males de la humanidad. Como si el ácido úrico y el colesterol no fueran suficientes, ¡los dioses añadieron otros regalos venenosos! La lista es larga: Vejez, Enfermedad, Guerra, Hambre, Miseria, Locura, Vicio, Engaño, Pasión, Orgullo. Al final, pagamos muy caro estos privilegios adquiridos fraudulentamente, ¡un filete a la parrilla!

Las cosas toman un giro diferente para Prometeo, cuando Zeus descubre su astucia al robar el fuego sagrado del Olimpo dos veces para dárselo a los humanos. Zeus lo castiga condenándolo a estar atado a una roca en el monte Cáucaso, su hígado es comido por el Águila del Cáucaso cada día, y vuelve a crecer por la noche. Pobre hombre, se sacrificó por la humanidad y ni siquiera tuvimos la gratitud de hacerle un monumento, una estatua o al menos el nombre de una calle. ¡Qué panda de ingratos!

El despertar Titánico

Mientras que en la Tierra habían pasado miles de años, para Zeus y compañía su ausencia sólo había durado un día. Les esperaba una gran sorpresa. Cuando se acercaron a la atmósfera terrestre, vieron 2.000 satélites y 130 millones de restos que se habían desprendido y flotaban alrededor de la Tierra. Obviamente Zeus estaba furioso al ver toda esta basura en su patio trasero.

- ¡Cómo se atreven a hacerle esto al rey de los dioses! Esta contaminación espacial no quedará impune. Todo es culpa de ese maldito Prometeo. Fue él quien les dio el conocimiento y el fuego sagrado.

Zeus pidió a Hermes que convocara una asamblea de los dioses en el teatro del cielo donde hizo una solemne declaración pública.

La asamblea de los dioses tiene la tarea de elaborar una estrategia adaptada a la nueva situación de la Tierra. Esta asamblea, establecida por la Constitución del Olimpo, tiene por objeto discutir y adoptar las leyes divinas del poder ejecutivo. Está presidida por Zeus y emite determinados actos como decretos, la declaración del estado de sitio o el estado de emergencia. Aquí está la lista de sus miembros:

Afrodita: Ministra del Amor y la Belleza
Apolo: Ministro de Cultura
Ares: Ministro de la Guerra
Artemisa: Ministro de Caza
Atena: Ministra de Educación
Deméter: Ministro de Agricultura
Dionisio: Ministro de Espectáculos
Hades: Ministro del Reino de los Muertos
Hefesto: Ministro de Industria
Hera: Ministra de la Familia
Hermes: Ministro de Asuntos Exteriores
Poseidón: Ministro de Medio Ambiente

Zeus comenzó la reunión solemnemente inclinándose hacia su trono:

- Mis queridas deidades olímpicas", gritó, blandiendo el puño, "¡la hora es grave! Como también han visto, nos encontramos en una situación crítica y sin precedentes. Los humanos han aprovechado nuestra ausencia para monopolizar la Tierra. Incluso se han atrevido a aventurarse en el espacio y han dejado su basura en MI patio trasero. Esto exige una respuesta firme, inmediata e inequívoca."

"Según un informe preliminar de inteligencia que ha llegado a mis manos, los humanos se han multiplicado en número y actualmente son unos 7.000 millones, que pronto serán 11. La buena noticia es que están bastante divididos y se agrupan en 200 tribus a las que llaman "países".

"Parece que hay mucha disparidad entre estas tribus y sólo un puñado domina el planeta. El culto a los dioses sigue vigente, pero ha cambiado de forma. Adoran a diferentes dioses y se han enfrentado entre sí en guerras religiosas y raciales."

"Su vida sedentaria parece haberles enfadado, insatisfecho y después de 400 generaciones consiguieron provocar la sexta extinción masiva en la Tierra."

"Su nefasto monopolio de la Tierra, ignorando a todas las demás especies vivas y agotando todos los limitados recursos de su planeta, ha provocado el colapso de la biodiversidad y otras crisis medioambientales."

"Debemos salvar la Tierra de su estupidez. Para ello es imprescindible comprender en detalle lo que ha sucedido desde que nos fuimos. Como primer paso, necesito que todos ustedes vayan en una misión de reconocimiento de campo, donde se sumergirán en su mundo, para entender cómo operan, y encontrar sus secretos y debilidades."

"Quiero informes diarios y cuando vuelvas un resumen de tus observaciones, un informe sobre la situación actual y sugerencias sobre cómo recuperar el control sobre los humanos."

La sesión terminó con esto y los ministros volvieron a sus respectivos ministerios para prepararse para sus viajes terrenales.

Una vez que descendieron en el monte Olimpo, en Grecia, los emisarios de Zeus percibieron inmediatamente que las cosas no eran como antes. La cima del Olimpo ya era visible desde una gran distancia, lo que no ocurría antes. Normalmente, la cumbre de esta majestuosa montaña permanece oculta a los mortales por las nubes. Así, los dioses podían festejar tranquilamente, contemplar el mundo e intrigar lejos de las miradas indiscretas de los mortales.

Otro fenómeno extraño que atrajo su atención fue la desaparición de Sísifo del Tártaro. Encontraron un mensaje grabado en la roca del hombre que debía hacer rodar un peñasco colina abajo para siempre: *"¡Hasta la vista baby!"*

Lo mismo ocurre con el Prometeo, al que no habían encontrado en la roca del monte Cáucaso, donde debía haber extraído su castigo perpetuo.

Estos dos incidentes concretos les convencieron de que algo iba muy mal. Asombrados por todas estas anomalías, se disfrazaron y se mezclaron con los mortales, para entender mejor lo que había sucedido.

Afrodita

A pesar de sus numerosos títulos, a saber, diosa del amor, de la belleza y de la seducción, Afrodita, también conocida como "Venus" en su pasaporte italiano, no era más que el vástago de un crimen cometido por Cronos, a saber, la emasculación de su padre Urano. Es bastante embarazoso, pero apostó que el sexo de ésta, al caer al mar, había provocado la espuma blanca de la que nació Afrodita.

Tras un nacimiento poco glorioso, fue obligada a casarse con el más feo de los dioses, Hefesto. Infeliz en su matrimonio, comenzó a tener relaciones extramatrimoniales con Ares, Dionisio y Hermes, entre otros.

Zeus había confiado a Afrodita una delicada misión: un relato de la situación terrenal del amor, la belleza y la seducción.

Al principio, sólo observaba para entender cómo funcionan los humanos en el amor. Al cabo de unos días, se dio cuenta de que los humanos habían superado con creces a los dioses en el placer de la carne. Le fascinaban las múltiples facetas de la sexualidad humana, a saber: la heterosexualidad, la bisexualidad y la homosexualidad. Así, el sexo terrenal ya no era un medio para asegurar la descendencia y la supervivencia de la especie humana, sino una cuestión de bienestar y placer.

También le sorprendió saber que los humanos habían creado una industria del sexo de miles de millones de dólares al año. Esta industria prosperó gracias a la flagrante disparidad en el acceso al sexo que contribuyó a la mercantilización del sexo en diversas formas, como la prostitución y la pornografía.

Para entender mejor los nuevos códigos de la sexualidad humana, se hizo con un smartphone y puso las redes sociales sobre el terreno. "*Tinder*" en particular le llamó la atención, lo que le ayudó a realizar una serie de encuentros. La sexualidad humana en el siglo XXI y las citas en línea, en las que se puede conocer a alguien incluso en la otra punta del mundo con sólo unos clics, la dejaron boquiabierta.

En general, estaba bastante fascinada por la emancipación sexual de los humanos, que pensaba utilizar como inspiración para su próximo programa de reforma sexual en el Olimpo. Además, quizá haya llegado el momento de pedir un cambio de título, ya que su antiguo nombre no incluía del todo el ámbito LGBT.

De repente sonó su teléfono, era Hermes preguntando por su disponibilidad para una videoconferencia con Zeus. Una hora más tarde, en un Starbucks, comenzó su primera videoconferencia con Zeus.

Zeus apareció en su pantalla en su postura habitual, sentado con majestuosidad, pero parecía preocupado y no muy cómodo, ya que era su primera videollamada. Zeus comenzó la conversación inclinándose hacia su pantalla:

- ¿Eres tú Afrodita? No te reconocí... ¿Qué te ha pasado?

- ¡Su Majestad! Nada, es mi disfraz, me he tenido el pelo y me he inyectado bótox alrededor de los ojos y la boca. ¿Cómo me veo?

- No está mal, respondió sonriendo. ¿Qué estás bebiendo ahora? ¿Néctar?

- No, una bebida terrosa llamada *"Caramel Macchiato"*, no está mal, deberías probarla.

- Bien, pondré a Hermes a cargo de ello. ¿No beben néctar allí?

- Ya no, lo hicieron en la Edad Media, y lo llamaron *Hipocrás*. Aromatizaron esta bebida con canela y jengibre. Ahora han desarrollado una multitud de bebidas alcohólicas y no alcohólicas.

- Ya veo. ¿Cómo va todo?, preguntó Zeus.

- Yo diría que bastante bien, ¡no me lo esperaba!

- ¿Qué quieres decir?

- De hecho, todo ha cambiado drásticamente...

- Elabora! interrumpió Zeus.

- He mirado en sus registros y desde que nos fuimos, han sufrido múltiples transformaciones. Si recuerdas, solían vivir en cuevas en grupos como otros animales...

- Sí, como salvajes, y...

- En resumen, gracias al fuego sagrado, la agricultura y la cría, se convirtieron en sedentarios. Luego desarrollaron el lenguaje y medios de comunicación cada vez más sofisticados, así como la tecnología que les permitió, progresivamente, dominar a otras especies del planeta...

- ¿Qué tiene esto que ver con el amor, la belleza y la seducción?

- Todo está conectado, Su Majestad.

- ¿Qué quieres decir?, preguntó Zeus.

- He descubierto un montón de libros sobre "nosotros" que llaman *"mitología griega"*.

- ¿Qué quieres decir?

- Lo saben todo sobre nosotros.

- ¿Cómo es posible? ¡Estábamos a salvo de sus ojos en el Olimpo!

- No lo sé, Su Majestad, pero aparentemente no es suficiente. He revisado toda su literatura y, sorprendentemente, todo está ahí, nuestros secretos, nuestras intrigas, las facturas de la asamblea de dioses, ¡e incluso los detalles de tus tórridas aventuras!

- ¡Caramba! Ah, ese maldito Prometeo, ¡debería haber sospechado que el fuego sagrado y el conocimiento iban a cambiar el juego! Así que parece que ahora adoran a otros dioses. Dímelo a mí, preguntó.

- Lo siento, pero se han olvidado completamente de nosotros.

- ¿Qué quiere decir con "olvidado"?

- Para ellos, los dioses griegos son mitos. El único rastro que queda de nosotros son algunas estatuas en sus museos y los libros de los que te hablé antes.

- Pero, ¿cómo podemos olvidar a nuestro creador? ¡Esto es una blasfemia!

- Nos sustituyeron por otros dioses inventados por ellos mismos y, finalmente, la mayoría de ellos se convirtieron en monoteístas.

- ¡Ingratos!

- No sólo eso, incluso hay humanos que no creen en ningún dios, los llamados ateos.

- ¿Y cómo explican su existencia?

- Dicen que el Universo siempre ha existido y que la vida en la Tierra fue el resultado del azar, y que todo ha estado relacionado con la física, la química, la bioquímica y la biología.

- Pero qué arrogancia, ¡niegan la existencia de su creador! ¡Tienen mucho valor!

- Sí, también hay quienes son menos arrogantes, los llamados espirituales que creen en una fuerza trascendente sin practicar ninguna religión, se llaman agnósticos.

- ¡Al menos son más humildes! Cambiemos de tema, ¡esta historia me cabrea! Háblame de la belleza y del amor terrenal.

- En cuanto a la belleza, han desarrollado técnicas y cosméticos sorprendentes. Cuidan más su aspecto y la belleza física se ha convertido en un importante factor de éxito para los humanos.

- Sí, en efecto, ¡son más bonitos que antes!

- La cirugía plástica les permite evitar las deformidades genéticas. De hecho, se lo conté a mi marido Hefesto, que está a punto de ser operado aquí. Algunos de sus cirujanos plásticos hacen maravillas.

- Tu marido lo necesita de verdad, dijo Zeus, sonriendo.

- Y sigue, también están investigando intensamente sobre el envejecimiento y la degeneración celular, para conseguir la eterna juventud. Pero aún queda trabajo por hacer...

- ¿Y el amor?, preguntó Zeus.

- Los humanos de hoy no se parecen en nada a las criaturas primitivas que conocimos entonces. El culto al amor es ahora una obsesión mundial.

- ¡Expándete!

- El amor terrenal ha adquirido proporciones considerables. El hombre le concede una gran importancia y lo considera una fuente importante de gratificación y el principal vehículo de felicidad.

- ¡Oh, bueno!

- Pues el amor está en todas partes, tanto en la literatura terrestre como en sus canciones y películas.

- Zeus estaba asombrado.

- Espera, no ha terminado, incluso ha tomado proporciones patológicas y he visto incluso a adictos al amor completamente dependientes del mismo.

- ¡Hmmm! El hombre se ha vuelto hambriento de amor... ¡interesante!, dice Zeus.

- ¡Eso es! Si se quiere, una adicción sin ninguna sustancia tangible como las drogas o el alcohol.

- Pero, ¿cómo han llegado hasta allí?

- Es una buena pregunta que me he hecho. Parece ser un fenómeno bioquímico de su larga trayectoria evolutiva. En cierto modo, parece estar escrito en sus genes para asegurar la reproducción de su especie.

- Por favor, explique más.

- Básicamente, sus cerebros los enamoran a través de un cóctel químico que les produce un intenso placer, que a su vez los atrae y los hace adictos al otro.

- ¿Y los efectos de este cóctel son permanentes?

- No, una vez que sus cerebros se acostumbran a las repetidas descargas de las hormonas del amor, el estado del amor evoluciona y el amor se vuelve menos apasionado y más sabio.

- ¿Qué quieres decir, sabio? preguntó Zeus.

- Es otra hormona (oxitocina) la que toma el relevo y asegura un estado de placer y bienestar, afecto-ternura sin la pasión.

- ¿Y qué pasa después?

- Hay quienes hacen como nosotros, y se quedan en la relación y buscan la pasión en otro lugar, y quienes terminan la relación, para encontrar una nueva. Esto se llama "divorcio".

- ¿Entonces no creen en el amor eterno?

- Depende, en general, los humanos idealizan el amor eterno y se aferran a él con fervor, sabiendo que es una ilusión.

- ¿Lo viste como un amor exclusivo y eterno?

- La verdad es que no. He visto parejas estables que siguen juntas a pesar de todo. Sin embargo, se caracterizan por un mínimo de atracción física, una visión del mundo similar, franqueza, armonía, ternura y compasión.

- ¿Existe el amor a primera vista entre ellos?

- Por supuesto, pero esta atracción inconsciente puede explicarse por una fuerza innata que les empuja a enamorarse de personas que compensarían sus deficiencias genéticas, lo que llevaría a la procreación de hijos equilibrados.

- Espera, ¿me estás diciendo que la naturaleza está detrás del amor a primera vista, para asegurar la supervivencia de su especie creando hijos equilibrados?

- Sí, eso es.

- Hablemos de la seducción, ¿cómo funciona en los humanos?

- Es un tema bastante amplio, pero puedo decirte que en los humanos es un conjunto de procesos manipuladores que tienen como objetivo despertar un sentimiento amoroso del otro.

- ¿Cómo es un juego de seducción terrenal y en qué se diferencia de la seducción aplicada por los dioses?

- Ha cambiado mucho en los últimos veinticinco siglos terrestres. Al principio, las hembras eran especialmente sensibles a los olores, el olor corporal actuaba como feromonas sexuales. Hoy en día es más complicado e implica varios registros.

- ¿Por ejemplo?, preguntó Zeus.

- Me he dado cuenta de que a las mujeres terrenales les gusta la mirada de un hombre, ya que la consideran el espejo del alma que habla sin pronunciar palabra.

- ¡Expándete!

- A menudo, esto sucede a través de tres miradas. Primero, el hombre mira fijamente a su objetivo una vez y luego aparta la vista en cuanto ella le mira. Luego, una segunda vez, y finalmente en el tercer intento, la mirada va acompañada de una sonrisa tímida y de fingir que baja la mirada. Si la mujer a la que va dirigido le devuelve la sonrisa, ¡se acabó!

- ¡Eso es! ¿Una mirada y un olor? dice Zeus en tono de sorpresa.

- El resto es comunicación visual, no verbal y corporal.

- Hablemos ahora de cosas serias, sonrió. ¿Cómo es el sexo con ellos?

- Su Majestad, debo confesar que me sorprendió la inventiva de los humanos en este ámbito en particular.

- ¿Cómo es eso?

- He identificado tres tendencias principales, al igual que aquí en casa: heterosexualidad, bisexualidad y homosexualidad.

- Y la práctica más extendida es...?

- Heterosexualidad. En general, el sexo terrenal ya no es un medio de reproducción, sino una cuestión de bienestar y placer.

- ¡Adelante!

- El ser humano lo ha convertido en una industria lucrativa que genera miles de millones cada año en la tierra.

- ¿Una industria?

- Sí, me refería a una mercantilización del sexo, donde se puede comprar sexo.

- ¿Y todo el mundo hace eso?, preguntó Zeus.

- Oficialmente no, pero extraoficialmente la mayoría lo hace en secreto.

- ¿Por qué en secreto?

- Si quieres, los humanos son un poco esquizofrénicos... tienen varias vidas: una vida pública, una vida privada y una vida personal. Además, el sexo siempre ha sido un tema tabú desde la invención de la religión, que lo considera un pecado.

- Oh, no, puritanos, dijo con desprecio.

- Así que viven sus fantasías en secreto y detrás de pantallas o en burdeles terrenales.

- ¿Alguna otra observación interesante sobre el tema?

- Sí, gerontofilia.

- ¿Qué es la gerontofilia?

- Se trata de un comportamiento sexual atípico, en el que un individuo joven se siente atraído sexualmente por una pareja sexual muy mayor. He visto a chicos jóvenes atraídos por mujeres maduras, así como a chicas jóvenes en compañía de hombres muy mayores.

- ¿Y cuál es la explicación de este comportamiento?

- Aunque para algunos se trata de una *"anomalía de comportamiento"*, también puede derivarse de factores como la inteligencia, la experiencia o la madurez de los mayores. Otros factores son la falta de una figura paterna (en el caso de las niñas) o materna (en el caso de los niños) durante la infancia, y la tranquilidad y estabilidad económica que proporcionan las personas mayores.

- Creo que las mujeres maduras que buscan rendimiento sexual pueden imaginar que necesitan hombres más jóvenes, mientras que los hombres mayores temen no rendir bien con el cuerpo de una mujer mayor, dice Zeus.

- Es probable", dijo Afrodita.

- Tengo otra llamada con Apolo que empieza ahora, vamos a reunirnos, ¿vale?

- ¡Muy bien Majestad!

- ¡Que la fuerza te acompañe! Ciao! dijo Zeus.

Apolo

Hijo de Zeus y Leto, esta figura real tiene un CV bastante impresionante, concretamente varios doctorados en música, energía solar, tiro con arco, profecía y curación. Sin embargo, para esta misión terrenal, Zeus le confió el arte y la cultura.

También él, a su llegada, se embarcó en una misión para explorar el planeta e inspeccionar todos los museos y obras de arte y literatura. Le impresionaba la diversidad de las creaciones artísticas humanas: arquitectura, pintura, escultura, literatura, música, danza y comedia. Sin embargo, al ser un poco de la *"vieja escuela"* le resultaba difícil entender el arte moderno, que le parecía un poco *"sin sentido"*.

Mientras paseaba por *el Museo del Louvre*, una notificación en su smartphone le recordó su llamada con Zeus. Se situó en un rincón tranquilo y comenzó la llamada.

- ¡Hola, Su Majestad!

- Hola hijo, ¿cómo estás?

- No está mal, estoy en un museo famoso en la tierra, el Louvre, y justo ahora estaba admirando una estatua tuya.

- Ah, bueno, dijo un sorprendido Zeus.

- Sí, ¡hay estatuas tuyas por todas partes!

- Pero me dijeron que los humanos se habían olvidado completamente de nosotros...

- Como responsable de los asuntos culturales, puedo decirle que, en el ámbito del arte, usted es realmente omnipresente.

- Vale, ¡eso es mejor que nada! Así que, ¡cuéntame!

- Mira, los animales salvajes que conocimos como humanos han mejorado mucho desde entonces. ¡Veo un buen sentido de la estética aquí!

- ¿Tanto?

- Sí, desplegando su intelecto y sus emociones, el hombre ha conseguido crear magníficas obras de arte.

- ¡Desarrolla!

- La cultura humana tiene muchas facetas: arquitectura, pintura, escultura, música, danza y comedia. Todavía no he tenido tiempo de echar un vistazo, pero mi primera impresión es bastante positiva.

- ¿Me estás diciendo que los humanos han superado a los dioses en la creación artística?

- De lejos.

- Pero, ¿cómo es posible que un grupo de mortales supere a su creador?

- Precisamente, para entender este refinamiento y sofisticación del Hombre, en comparación con los demás animales, he revisado sus antecedentes artísticos. Parece que desde nuestra partida hacia este maldito agujero negro, se han puesto manos a la obra y han comenzado con dibujos primitivos en las paredes de las cuevas. Probablemente para comunicarse, o con fines religiosos, es decir, para contactar con los espíritus.

- ¿Y entonces?, preguntó Zeus con curiosidad.

- Con el tiempo, sus técnicas y herramientas mejoraron gradualmente, dando lugar a obras de arte más refinadas.

- ¿Son todos los humanos artistas?

- En realidad no, me parece que el arte es un don reservado a una minoría de ellos.

- ¿Qué tienen estos artistas más que sus congéneres?

- Es un trabajo duro que implica talento, originalidad, así como un auténtico cuestionamiento del sentido y, sobre todo, no debe confundirse con la artesanía y la improvisación artística.

- ¡Ya veo!

- Es bastante divertido, pero también he visto otra explicación bastante retorcida.

- ¡Vamos, dímelo!

- Según algunos psicoanalistas terrenales, el arte y la creación no son más que una pulsión sublimada... deformada... cuya liberación directa es incompatible con las exigencias de la moral terrenal.

- ¿Desde cuándo los mortales tienen moral?, preguntó Zeus, sarcástico.

- El hombre, al ser un animal social, para evitar el caos y preservar la paz social, ha inventado un conjunto de reglas de conducta relativas al bien y al mal que se imponen a la conciencia individual y colectiva. Incluso tienen una ciencia para esto llamada ética.

- ¿Cuáles son estas normas de conducta?

- Se trata de un conjunto de reglas de acción y de valores, como la cortesía o el civismo, que constituyen las normas dentro de un grupo social y tienen por objeto reprimir los impulsos naturales del Hombre.

- ¿Qué quieres decir con suprimir? preguntó Zeus.

- Si hacemos todo lo que queremos, se producirá el caos dentro del grupo y se pondrá en peligro la supervivencia de su especie.

- ¿Qué tiene que ver la moral con los artistas?

- Según los psicoanalistas de la tierra, para evitar el conflicto con las exigencias sociales y culturales, los artistas transforman sus impulsos socialmente inaceptables en obras de arte.

- De este modo, el arte aplacaría tanto los deseos insatisfechos del creador como los de sus espectadores.

- Sí, se puede decir que sí -dijo Apolo-.

- Pero espera, en ese caso, ¿los artistas serían pervertidos reprimidos?

- Sí, es una forma de verlo.

- Según este argumento, la histeria sería una obra de arte distorsionada.

- ¡Exactamente, Su Majestad, ¡ha entendido todo!

- ¿Cuál es el papel del arte en la sociedad humana contemporánea?

- A decir verdad, su verdadera misión siempre ha dependido de la época de la que hablemos. El arte ha transmitido a menudo un mensaje y ha servido de anuncio religioso e instrumento de propaganda política hasta su emancipación por los románticos.

- ¿Qué querían?

- Querían liberar el arte de las garras de la sociedad humana. Así que predicaron *"el arte por el arte"*, una nueva doctrina que veía el arte como un fin en sí mismo.

- ¿Y lo han conseguido?

- Acabó con el arte pedagógico y el arte al servicio de cualquier cosa. El nuevo arte rebelde no debe estar a la altura de los tiempos. Si se quiere, una especie de actitud introvertida en la que el arte se elevaría por encima de la realidad y hacia algo más abstracto, que permitiría al espectador cuestionar su visión de la realidad y reflexionar.

- ¿Y cómo ha afectado esta nueva tendencia a las obras de arte desde entonces?

- Ha contribuido a la creación de obras enigmáticas y provocativas que no son fáciles de entender para la gente corriente. De hecho, como amante del arte que soy, me ha resultado difícil entender algunos de ellos.

- Sí, efectivamente, Hermes me enseñó unas pinturas recientes de humanos, era realmente un disparate.

- Sí, en efecto. Se dice que fue la cámara fotográfica la que mató a la pintura clásica y abrió así el camino a nuevas escuelas de pintura como el Barroco, el Romanticismo, el Realismo y el Impresionismo, etc. Y aunque el público no entienda nada de todas estas pinturas retorcidas, todavía tienen mucho que ofrecer.

- ¿Y aunque el público no entienda todos estos cuadros retorcidos, siguen siendo populares?

- Extrañamente, sí. Es más, el arte se ha convertido en el patio de recreo de los superricos terrenales, que lo ven como un objeto de inversión.

- ¿Y? preguntó Zeus.

- Hoy, después de haber recorrido un camino tan largo, el arte sigue siendo objeto de desacuerdo entre los pardillos terrenales que no aprueban su alejamiento de la vida cotidiana. En consecuencia, se han alzado voces para forzarla a salir de su estado actual y "servir a un propósito" como, por ejemplo, la libertad de expresión, la promoción de la paz y el desarrollo sostenible.

- Muy bien, un tema muy emocionante que merece nuestra atención. ¡Buen trabajo, me tengo que ir, te llamaremos, Ciao!

- ¡Ciao Su Majestad!

Ares

Este brutal hijo de Zeus tiene un buen historial criminal. La personificación misma de la pena, el miedo y el terror. Ares había destacado en varias guerras sangrientas, en el tráfico de armas y en la violencia. Así, Zeus lo encontró como el candidato ideal para sembrar el terror y la discordia entre los humanos.

No era una misión demasiado difícil para Ares, pues la Tierra ya estaba plagada de violencia y discordia. Todo lo que tenía que hacer era simplemente *"soplar un poco de humo"*. Tras una misión de exploración sobre el terreno, realizó su primera videollamada a Zeus, para compartir sus observaciones.

- Su Majestad, ¿puede oírme?

- ¡Sí, señor, alto y claro! Entonces, ¿cómo va todo por allí?

- ¡Su Majestad, es un desastre total!

- ¿Qué quieres decir con eso?

- Sus observaciones iniciales sobre la división entre los humanos eran correctas.

- ¡Explícate!

- Tras nuestra desaparición temporal, los humanos, en el curso de su evolución, desarrollaron un estilo de vida útil y práctico viviendo en grupos con dependencia mutua. A partir de estos pequeños grupos aislados, se formaron gradualmente comunidades más grandes, seguidas de sociedades que, con el tiempo, se convirtieron en un imperio, incluso en una civilización.

- ¿Y el elemento unificador de todo esto?

- Hay muchos: una economía, un régimen, la tierra, el comercio, las técnicas de cultivo, la lengua y la escritura, un sistema de valores morales y religiosos, etc.

- Desde que nos fuimos, ¿cuántos imperios ha habido?

- Mesopotamia, los egipcios, los griegos, los romanos, los persas, los cartagineses, etc.

- Pero todos desaparecieron, ¿por qué?

- Hay muchas razones para el colapso de los imperios. En general, la longevidad de algunos se debió a una gestión óptima para la época en cuestión, pero a menudo se hicieron demasiado grandes y, a falta de medios de comunicación modernos, el control de sus territorios se hizo imposible. Es el comienzo de su declive, un periodo en el que el equilibrio de poder cambia y termina con la caída del imperio dominante en favor de un recién llegado.

- ¿Y quién domina la Tierra hoy en día?

- Para poder dominar la Tierra, se necesita un estatus político, económico, tecnológico y militar avanzado. Hasta hace poco, el mundo estaba dominado por dos grandes superpotencias, los estadounidenses y los rusos. Pero el colapso del imperio ruso ha llevado a la creación de un mundo multipolar con algunas superpotencias regionales emergentes. Dicho esto, los principales actores son los chinos y los estadounidenses, seguidos por una Rusia "atenuada" y algunas otras alianzas regionales.

- ¡Háblame de esta rivalidad sinoestadounidense!

- El aumento de poder de China asusta a los estadounidenses, que temen perder su hegemonía económica y tecnológica.

- ¿Está justificado el miedo de los estadounidenses?

- Sí y no. Es muy probable que China consiga superar a Estados Unidos y convertirse en una superpotencia económica y tecnológica. Sin embargo, en términos de dinero y poder militar, los chinos siguen estando por detrás de los estadounidenses.

- Pero los chinos son más numerosos.

- Sí, pero las guerras actuales ya no son una cuestión de número de soldados, sino de tecnología y sofisticación de las armas.

- ¿Quieren los chinos dominar el mundo?

- Buena pregunta. Me parece que aspiran a encontrar su lugar *"adecuado"* en la gran liga, sin querer convertirse en una superpotencia de influencia como los estadounidenses.

- ¿Por qué no?

- De hecho, no es sólo una cuestión de voluntad. También se trata de tener el potencial.

- ¿Cuáles son las desventajas de los chinos que les impiden lograrlo?

- Por un lado, por su lengua y su cultura, y por otro, por su política exterior, más bien orientada en torno a una autoproclamada doctrina de no injerencia. No veo cómo pueden sustituir la hegemonía cultural estadounidense.

- Entonces, ¿cómo podemos volver a dominar a los mortales?

- Tengo algunas ideas", respondió Ares.

- ¡Expándete!

- Los periodos de transición son siempre caóticos, lo que juega a nuestro favor. Desde el colapso del mundo bipolar, los mortales viven en un mundo multipolar de transición a la espera de un nuevo orden mundial.

- Adelante, dijo Zeus con entusiasmo.

- Sobre todo porque las grandes potencias terrestres prefieren ir solas y por eso han debilitado las instituciones terrestres multilaterales, lo que nos conviene perfectamente.

- Supongo que te refieres al viejo principio de *"divide y vencerás"*.

- Sí, así es. Nuestra estrategia consistirá en sembrar la discordia en la Tierra y enfrentar a las potencias terrestres antagónicas para debilitarlas y así influir en ellas.

- Sé más específico, pidió Zeus.

- Pues bien, esta desvinculación del imperio estadounidense de su rival chino cambiará inevitablemente la configuración económica y geopolítica del mundo y la hará más compleja, incluso caótica. Apoyándonos en trucos como el nacionalismo, el racismo, la xenofobia y la intolerancia religiosa, podremos intensificar la guerra de civilizaciones en la Tierra.

- ¿Y cómo piensa conseguirlo?

- Al convertirme en "asesor de seguridad nacional" de varias potencias terrestres, he podido infiltrarme en la cúpula del poder mundial. Así puedo sembrar la discordia y fomentar el enfrentamiento entre ellos.

- No es un mal enfoque, tienes mi luz verde. ¡Adelante, ya no soporto ser un dios de segunda categoría!

- ¡A su servicio, Su Majestad!

- ¡Que la fuerza te acompañe! dice Zeus.

Y así termina la llamada de Ares con Zeus. Esto reconfortó un poco la ansiedad de Zeus y le levantó el ánimo.

Artemisa

Esta hermana gemela de Apolo estaba especializada en la caza, la naturaleza y la luna. Como hija ilegítima de Zeus y una de sus amantes, siempre ha estado traumatizada por sus orígenes y, para reprimirlo, ha jurado permanecer virgen y se ha embarcado en una misión humanitaria: la protección de las jóvenes. Su misión en la Tierra se limitará a la caza y a una auditoría de la situación alimentaria de los humanos en general.

Nada más llegar a la Tierra, se puso manos a la obra y pronto se vio abrumada y sorprendida por la variedad y la multitud de alimentos de la Tierra. Después de todo, en el Olimpo los dioses sólo comían néctar y ambrosía, es decir, ningún alimento sólido. Poco a poco empezó a enamorarse de la variada y colorida comida terrestre. Estudiando las estrategias alimentarias de los humanos, se da cuenta de que tuvieron que adaptarse a lo que la naturaleza les ofrecía, lo que les convirtió en omnívoros.

Preparó una presentación preliminar para Zeus y explicó sus conclusiones en una conferencia telefónica.

- Buenos días, Su Majestad, dijo a Zeus en su pantalla.

- ¡Hola, hija mía! ¿Cómo estás?

- Muy bien, Su Majestad, ¿y usted?

- Digamos que he visto días mejores.

- No te preocupes, ¡nosotros prevaleceremos como siempre!

- Bueno, ¿qué has estado haciendo?

- Bueno, tal y como preguntabas, he estado estudiando la evolución de la caza en la Tierra, así como los hábitos alimenticios de los mortales (humanos) y he notado grandes transformaciones en ambas áreas.

- Empecemos por la caza, ¿cómo están los humanos hoy en día?

- Como recuerdas, antes de partir hacia el agujero negro, la caza y la recolección eran las principales fuentes de alimentación de los humanos.

- Sí, lo recuerdo. ¿Y cómo ha cambiado eso?

- Pues bien, la caza ha continuado e incluso existe hoy en día, pero se ha convertido en un medio de entretenimiento y no en una necesidad alimentaria.

- ¡Expándete!

- En otras palabras, la caza, junto con otras actividades productoras de alimentos como la agricultura y la ganadería, era una de las principales fuentes de alimentación humana. Sin embargo, a partir de la Edad Media, se convirtió gradualmente en un privilegio de la nobleza vinculado al derecho de propiedad de la tierra.

- Así que pudieron prescindir de la caza.

- Sí, después de dominar a otros animales, ya no necesitaban cazar porque podían producir en masa el animal que querían.

- ¿Quiénes son los cazadores de hoy?

- Según mis observaciones, proceden de todos los estratos sociales. Hay adolescentes, jóvenes jubilados e incluso mujeres.

- ¿Y qué es lo que todavía les atrae?

- Yo diría que crea un vínculo social, pero también un tejido asociativo y el motor de una actividad económica rural.

- Pasemos a la comida terrenal! pidió Zeus.

- Por necesidad, los humanos se han convertido en omnívoros. Pero cada región del mundo ha desarrollado sus propios hábitos alimentarios.

- ¿Qué comen realmente?

- Carne, pescado, frutas y verduras, cereales, productos lácteos, etc.

- ¿Siempre ha sido así?

- Más o menos. Su dieta siempre ha cambiado, por ejemplo, al principio tenían una dieta sin gluten y sin lactosa, porque no comían cereales ni productos lácteos.

- Entonces, ¿todavía comen carne después de esa desagradable jugarreta que nos hizo ese maldito Prometeo?

- Sí, pero he observado una nueva tendencia entre los humanos modernos que intentan prescindir de los productos de origen animal proponiendo la idea de que los humanos no están hechos para comer carne.

- ¡Ahora por fin lo consiguen!

- También hay quienes entre los humanos adoran el carnivorismo por su alto consumo de proteínas, hierro y vitamina B12, que creen que son esenciales para la función cerebral.

- ¿Han pasado de largo por esto?

- Sí, para algunos existe un vínculo entre la evolución del cerebro humano y el carnivorismo.

- ¿Hay suficiente para alimentar pronto a 11.000 millones de personas en la Tierra?

- Precisamente por eso, los llamados alter-nutricionistas de la Tierra reclaman un cambio radical en los hábitos alimentarios del ser humano. Temen el crecimiento de la población y la contaminación causada por la industria alimentaria.

- ¿Y cómo piensan conseguirlo, es decir, comer bien contaminando menos? preguntó Zeus.

- Pues bien, proponen varias vías: reducir o incluso eliminar el consumo de carne, producir alimentos no perecederos, alimentos modificados genéticamente y comer otras fuentes de proteína animal, como los insectos.

- ¡Los insectos son asquerosos!

- Estoy de acuerdo, pero no tienen otra opción. De hecho, los insectos ya forman parte de la dieta de algunos pueblos de África y Asia.

- ¿Alguna otra pista interesante?

- Sí, además de eso, carne y pescado sintéticos como sustituto.

- ¿Lo has probado?

- Sí, y debo admitir que tiene casi el mismo sabor, el mismo olor y la misma textura, ¡no está nada mal!

- ¿Lo hiciste?", se sorprendió Zeus.

- Y eso no es todo, entre otras cosas, hay comida impresa en 3D, es decir, platos de pasta comestibles a través de impresoras 3D.

- ¿Qué, imprimen sus comidas?

- Bueno, sí, pero aún queda trabajo por hacer, ya que parece que el gusto no está todavía ahí, al menos por el momento.

- Y tú, ¿has probado todas las comidas terrestres?

- Sí su majestad, y debo admitir que sus pizzas y hamburguesas no están nada mal. Deberías probarlos.

- Si lo dices, pondré a Hermes a cargo, él ya me habló de Uber Eats ayer.

- ¿Tiene alguna otra pregunta, majestad?

- No gracias, eso es todo por hoy. Una vez que me haya sometido de nuevo a la voluntad de Zeus, haré que estos mortales coman saltamontes y arañas -dijo Zeus en tono decidido-.

- Hasta pronto, dijo Artemisa.

- Que la fuerza te acompañe, dijo Zeus.

Atena

Esta diosa de la sabiduría y la razón impresionó especialmente a su padre Zeus por sus habilidades en la estrategia bélica y como protectora de Atenas. Debido a su sabiduría y razón, Zeus le confió la ciencia y la educación del mundo como su dominio.

Científica apasionada y curiosa, Atena se sumergió en las ciencias de la tierra y quedó abrumada por el fascinante progreso de la humanidad en todas las disciplinas científicas. Estando en parte detrás de la educación del Hombre tras su creación por Prometeo, se sentía de alguna manera orgullosa de sus "alumnos" que tanto la habían deslumbrado.

Sintiéndose culpable por no haber hecho lo suficiente para salvar a Prometeo, se puso a buscarlo. Al conocer la noticia de la desaparición de Sísifo, tuvo la corazonada de que debían estar tramando algo juntos.

Tras una intensa búsqueda, los encontró en Facebook. Disfrazados de mortales, vivían entre los mortales y para ocultar su inmortalidad se habían visto obligados a cambiar de identidad de vez en cuando.

Finalmente se puso en contacto con Prometeos, que quedó gratamente sorprendido por su reencuentro. Se pusieron de acuerdo para reunirse en un gran centro comercial de Los Ángeles, para no atraer la atención de los espías de Zeus en la Tierra.

Atenea se alegró mucho de encontrar a su querido amigo Prometeo con el que tenía mucha afinidad. Tenían las mismas aspiraciones para la humanidad y tal vez ahora podrían realizar sus sueños para el mundo.

Tras un fuerte abrazo, Atenea comenzó a hablar:

- Ah, me alegro mucho de verte de nuevo, ¡te he echado mucho de menos, amigo mío!

- Igualmente, siempre es un gran placer ver a mi diosa favorita -respondió Prometeo-. ¡Hace mucho tiempo que no nos vemos!

- ¡En efecto! Escucha, en primer lugar, quiero presentarte mis más sinceras disculpas por no haberte ayudado lo suficiente durante tu juicio...

- ¡No, no lo hiciste! No fue tu culpa, no te preocupes, ¡sabía en lo que me metía y asumo toda la responsabilidad! Soy yo quien debe agradecerte que hayas arriesgado tu posición para ayudarme, además, como has podido comprobar, ¡gracias a tus enseñanzas la humanidad ha dado un salto gigantesco en el progreso técnico y científico!

- Es cierto que estos mortales me han sorprendido, confirmó Atenea con satisfacción. ¿Dónde está Sísifo, pensé que iba a venir contigo?

- No te preocupes, llegará pronto, se ha convertido en un filósofo en la Tierra y siempre llega tarde a las citas.

- Realmente, ¿qué quiere decir con filósofo?

- Bueno, ha estado yendo y viniendo con esa maldita roca en la colina, así que tuvo tiempo para pensar y se inventó la filosofía terrenal. Una vez que los dioses fascistas... excepto tú, por supuesto... desaparecieron en el agujero negro, aprovechó y huyó a la Tierra, donde comenzó su carrera como filósofo hace veinticinco siglos terrestres.

- ¿Así que Sócrates y Cía. fue un invento suyo?

- Sí, muy inteligente, ¿no?, rio Prometeo.

- Así que es él quien está detrás de estos grandes filósofos terrestres, ya veo, ahora todo está más claro", dijo Atenea.

- Sí, puede parecer un poco esquizofrénico, ¡pero lleva siglos ocurriendo! Aquí viene", dijo Prometeo, señalando con el dedo a un hombre hípster con barba.

- No puede ser verdad, dice una sorprendida Atenea, ¿es él? ¡No puedo creer lo que ven mis ojos!

Sísifo se acercó a la mesa de Prometeo y Atenea, y como manda la tradición del Olimpo, se inclinó ante la diosa y le besó la mano, diciendo "¡Alteza!

- Me alegro de verte, Sísifo, dijo Atenea con una sonrisa de felicidad.

- El placer es mío, Alteza, dijo solemnemente.

- Entonces, Sísifo, ¿es cierto lo que he oído sobre ti, Sr. Filósofo?

- Espero que todo esté bien, Su Alteza.

- Sí, por supuesto. Siempre me he preguntado cómo ha podido soportar el calvario que le han infligido.

- Para ser sincero, no sé cómo lo he conseguido. Al principio era monótono, pero poco a poco empecé a ver mi capacidad de seguir adelante, de soportar el castigo, como una forma de victoria. Como escribí en uno de mis famosos libros: "*La propia lucha hacia las alturas es suficiente para llenar el corazón de un hombre*".

- ¿Pero no fue Albert Camus quien lo dijo?

- Sí, Su Majestad, dijo con una sonrisa maliciosa.

- Oh no, no me digas eso...

Fue interrumpida por Sísifo, que respondió:

- Si Su Alteza, con la misma sonrisa maliciosa.

- ¿A quién más ha "*inspirado*"?

- La lista es bastante larga, pero los tres últimos fueron: Friedrich Nietzsche, Franz Kafka y Albert Camus.

- ¿Así que cambias tu doctrina todo el tiempo? ¿No es eso un poco revisionista?

- En absoluto, me permite mejorar mis teorías y corregirlas constantemente.

- Ya veo, eso tiene sentido. ¿Y cuál es su último invento?

- Digamos que soy un trágico existencialista.

- ¿Qué tan trágico?, preguntó Atenea.

- Al reconocer la naturaleza trágica de la vida humana, abogó por que la tomen en sus manos y dejen de ver la vida como un problema que hay que resolver, sino como un misterio que hay que vivir.

- Ah, es fuerte, nuestro Sísifo -dijo Atenea, dirigiendo su mirada hacia Prometeo, que escuchaba su diálogo con gran interés-.

- Te lo dije, ya ves, dijo Prometeo a Atenea.

- Entonces, mi querido filósofo, me gustaría saber más sobre tu teoría trágica, dijo Atenea.

- Alegría trágica, Alteza, dijo Sísifo.

- Esto se está poniendo interesante, sigue adelante y elabora, dijo Atenea.

- Básicamente, en lugar de luchar contra el peso de la existencia, hay que "*soltarlo*" y liberarse de las dos grandes lacras de la vida, a saber, el pasado y el futuro.

- Así que, si entiendo bien tu teoría, la alegría trágica significa tratar de hacer una parte divertida de una existencia trágica, ¿verdad?

- Absolutamente, Su Alteza.

Atenea dirigió su mirada a Prometeo y cambió de tema.

- Y tú, Prometeo, ¿qué has estado haciendo todo este tiempo?

- Escucha, me metí en la tecnociencia para ayudar a los humanos con los avances tecnológicos.

- ¿Así que estás detrás de todos los logros humanos?

- No todos, pero sí muchos.

- Dime, ¿cuáles?

- Después de iniciar la revolución industrial con la máquina de vapor, se me ocurrieron otras ideas como la electricidad, el motor de combustión, la aeronáutica, la electrónica y los ordenadores.

- Vaya, veo que no has estado ocioso todo este tiempo, dice Atena asombrada. ¿Y supongo que todavía tiene muchos proyectos innovadores?

- Sí, la biotecnología, la nanotecnología, la inteligencia artificial y el transhumanismo basados en todo eso.

- ¿Todavía quieres aumentar y mejorar las capacidades físicas e intelectuales del Hombre?

- Sí, es la única manera de protegerlos contra sus enemigos.

- Y estos transhumanos, ¿cómo serán?

- Se trata de mejorar las capacidades físicas y mentales de los seres humanos mediante el uso avanzado de la nano y la biotecnología.

De repente, Atenea vuelve su mirada hacia abajo, una mirada de preocupación que provoca lo mismo en este Prometeo.

- ¿Estás bien, Atenea? Pareces preocupado.

- Estoy preocupado por ustedes dos, ahora que Zeus y compañía han vuelto. Tarde o temprano te pondrán las manos encima.

- Pero no, no te preocupes, las cosas han cambiado mucho y nos las arreglaremos como siempre", dice Prometeo. Ahora, dime qué hacen estos "antiguos" dioses", se río Prometeo.

- Están trabajando en un plan estratégico para recuperar el control del mundo, como antes. Por eso estoy aquí, para reunir información.

- Fracasarán, eso es seguro, ayudamos al Hombre a ocupar su lugar. Todavía no se ha ganado, pero algún día sucederá. ¿Podemos contar con su apoyo?

- Por supuesto, ¡como siempre! los tranquilizó. Tengo que irme, no es prudente permanecer juntos por mucho tiempo, nunca se sabe.

- Tienes razón -dijo Prometeo, sacando un teléfono inteligente de su bolsillo-, este es un teléfono encriptado para que puedas localizarme cuando quieras.

- Bueno, gracias, estaremos en contacto. Por favor, tengan cuidado", les dijo con ansiedad.

Atenea se apresuró a preparar el informe de campo para Zeus, que la había convocado para una conferencia.

En un esfuerzo por mantener su secreto de ayudar a los humanos, se vio obligada a ocultar su entusiasmo por los mortales. Hizo su primera videollamada con Zeus una semana después de su llegada a la Tierra.

- Hola, Su Majestad", le dijo a Zeus, todavía con la mirada perdida en la pantalla de Atenea.

- ¡Hola, hija! ¿Cómo va todo?

- Muy bien, Majestad, ¿y usted?

- A decir verdad, estoy preocupado.

- ¿Cómo es eso?

- La situación en la Tierra es más compleja de lo que había imaginado y la batalla con esos malditos mortales va a ser difícil.

- No te preocupes, ¡encontraremos una solución!

- Si tú lo dices. ¿Qué ha descubierto hasta ahora?

- Debo admitir que a mí también me han sorprendido sus avances científicos y tecnológicos en todos los ámbitos.

- ¡Así que incluso han impresionado a la diosa de la sabiduría y la razón del Olimpo!

- ¡Sí, su majestad! No sé por dónde empezar.

- Empieza por el principio, nuestra partida hace miles de años.

- Bien, entonces. Desde nuestra inesperada desaparición, los humanos hemos avanzado mucho. Sus arsenales intelectuales, es decir, la religión, la filosofía y la ciencia, se han puesto en marcha, y los paradigmas terrenales, no faltan.

- ¿Han tenido éxito en su búsqueda de la verdad absoluta?

- Como saben, nunca tendrán acceso a ella, ya que están dotados de cinco sentidos limitados, así como de acceso a cuatro dimensiones espaciotemporales.

- Sin embargo, me acabas de decir que te han impresionado.

- Sí, puedo confirmar que, para una criatura tan frágil, el dominio de su planeta no es una hazaña.

- Ya veo, respondió Zeus.

- Dicho esto, cabe señalar que aún no han terminado con esta agotadora búsqueda de la verdad. Pero están en el camino correcto.

- Por favor, explíquese un poco más.

- Desde su creación por Prometeo, el hombre, al abrir los ojos, no comprendió lo que le había sucedido y desde entonces intenta por todos los medios entender el Universo y dar un sentido a su existencia.

- Sí, en efecto, pero lo que no saben es que en un mundo donde todo es relativo, subjetivo e incierto, el Hombre está condenado a la duda o a la ilusión -dijo Zeus con una sonrisa sarcástica-.

- Así es. Despistados y confundidos, han inventado paradigmas que no se sostienen y que cambian constantemente.

- Así que todos estos avances tecnológicos deberían avergonzar al hombre, ya que se da cuenta de que no tiene el control. Su planeta no es el centro del universo, y es lanzado a la existencia por un decreto de Zeus. El hombre tiene que entender que sólo es una bestia entre otros animales.

- Son conscientes de ello, pero les cuesta admitirlo ante sí mismos, majestad -dijo Atenea amablemente-.

- Hábleme de estos fascinantes logros del Hombre que tanto le han sorprendido.

- La lista es larga... Informática, robótica, nanotecnología, genética, psicología, sociología, etc.

- ¿Y qué pasa con los militares?

- Están desarrollando nuevas tecnologías futuristas para crear *supersoldados* con trajes a reacción que puedan volar y disparar al mismo tiempo.

- ¡Aun así! ¿Qué más?

- Los drones, los chalecos antibalas motorizados y las gafas binoculares de visión nocturna permiten la obtención de imágenes térmicas y la percepción de la profundidad.

- Así que no se trata de primates, ¡no me lo esperaba en absoluto!

- Para ganar contra ellos, tenemos que paralizar sus comunicaciones y sistemas de defensa aérea.

- ¿Y cómo podemos hacerlo?

- Necesitamos expertos en informática, ¡hackers!

- ¿Y dónde encontramos a estos hackers?

- Estoy trabajando en ello, ¡pronto tendremos una brigada de ciberataque!

- Buen trabajo, ¡bravo! Manténgame informado, ¡hasta luego!

- ¡A su servicio majestad!

La llamada con Atenea, tan tranquilizadora como preocupante, hizo que Zeus se diera cuenta de que no había que subestimar a los humanos y que debía prepararse para una guerra de alta tecnología.

Por su parte, Atenea se vio atrapada en un dilema, el de elegir un bando. Por un lado, compartía la misma visión del mundo que Prometeo, pero, por otro lado, como diosa debía pensar en el destino de los dioses en un mundo nuevo.

Así, su verdadera misión era contemplar un plan secreto que evitara a los humanos la ira de los dioses y, al mismo tiempo, garantizara la continuidad del reino de los dioses griegos.

Deméter

Esta hermana de Zeus goza del título de diosa de la fertilidad, los cereales, las cosechas y la agricultura. Ella estaba a cargo de la agricultura terrestre. La imagen que tenía en su memoria de la agricultura terrestre no se parecía en nada a lo que encontró en la tierra a su llegada.

Un panorama mixto. Por un lado, los avances en técnicas agrícolas como el riego, los fertilizantes y los alimentos modificados genéticamente eran fascinantes, pero por otro lado la erosión del suelo, la contaminación de las aguas subterráneas, la deforestación y los pesticidas eran bastante alarmantes.

Le impresionaron los ecologistas de la tierra, cuyas ideas le recordaban la Edad de Oro de los dioses griegos.

Preparó una presentación para que su padre Zeus explicara sus hallazgos en una conferencia telefónica.

- Buenos días, Su Majestad, dijo a Zeus con los ojos fijos en su pantalla.

- ¡Hola, hermana! ¿Cómo estás?

- Muy bien, Su Majestad, ¿y usted?

- Podría ser mejor.

- ¿Cómo podría?

- Me asombra el progreso del ser humano en todos los campos. No me lo esperaba en absoluto.

- Es cierto que a mí también me impresionaron. Pero no son tan perfectos como se podría pensar.

- ¡Vamos, explica!

- Pues bien, causaron la sexta extinción masiva en la Tierra, que llevó a su planeta al borde del colapso.

- ¡Claro que sí! Siete mil millones de contaminantes hambrientos agotan cualquier planeta.

- ¡Así es!

- ¿Así que el final está cerca?

- No del todo. Tienen una capacidad increíble para adaptarse y recuperarse en el último momento.

- ¿Cómo piensan salir de este lío?

- En un principio, sus avances en técnicas agrícolas y OGM les han permitido aumentar considerablemente el rendimiento de las tierras de cultivo, pero el inconveniente es la contaminación provocada por los fertilizantes y los pesticidas.

- Así que cada vez que intentan resolver un problema, crean otros nuevos.

- ¡Exactamente! Pero dicho esto, últimamente han desarrollado un nuevo paradigma, la ecología.

- ¡El Hombre Ecológico! dice Zeus.

- Sí, se trata de proteger el medio ambiente luchando contra el cambio climático, preservando la biodiversidad y los recursos del planeta, la solidaridad y la cohesión social.

- Pero todo son palabras, no pueden hacerlo, ¡los conozco mejor que ellos mismos! Un puñado de egoístas que por naturaleza buscan aumentar su bienestar y beneficio personal.

- Esta es la principal razón del lento progreso de la ecología en la Tierra. Sin embargo, he observado que está ganando terreno e incluso se está extendiendo a otras zonas.

- ¿Cómo qué, por ejemplo?, preguntó Zeus.

- Esta ciencia de la protección del medio ambiente se está convirtiendo en un modelo económico al abogar por el desarrollo sostenible.

- ¿Conseguirán cambiar la naturaleza egoísta del hombre?

- No a corto plazo, pero quizás sí a largo plazo.

- No habrá un largo plazo, los habremos eliminado antes", dice Zeus con decisión. Bien, gracias, tengo que irme, ¡nos vemos pronto querida!

- Bien, ¡adiós Majestad!

Dioniso

Este hijo de Zeus y Sémele, el más fiestero, dedicó toda su vida al vino, las fiestas y las locuras. Estará a cargo de la industria del entretenimiento terrenal. Cuando llegó a la Tierra, quedó deslumbrado por la multitud de entretenimientos terrenales.

Se puso en plan de fiesta y probó todas las fuentes de entretenimiento posibles. Pasaba días en fiestas rave y consumía muchas drogas y alcohol. Otra área en la que los humanos habían superado a los dioses.

Como es un fiestero empedernido, se había olvidado por completo de preparar su informe a Zeus, así que decidió improvisar, como siempre.

- Hola, papi majestad, dijo a Zeus, que le miraba con extrañeza a través de la pantalla.

- Hola hijo, tienes un aspecto terrible, ¿qué te pasa?

- No es nada, ¡no dormí bien anoche!

- Estás aquí para trabajar, no para festejar.

- Sí, lo sé, es parte de mi investigación de campo. ¿Cómo voy a aprender sobre sus industrias del entretenimiento sin sumergirme en ellas?

- Vale, no tengo tiempo para discutir... vayamos al grano. ¿Cómo nos divertimos en la tierra?

- Bueno, ¡no hay ninguna foto de eso!

- ¿Qué quieres decir?, preguntó Zeus.

- Nunca he visto tanta diversión. Hay para todos los gustos. Cine, música, videojuegos, deportes y eventos culturales...

- Veo que no te aburres ahí, dice Zeus, sonriendo.

- En absoluto, ¡nunca me he divertido tanto papá!

- ¿Es así en todas partes?

- Más o menos, diría, es mejor en la parte desarrollada y más rica del mundo.

- ¿Y a todo el mundo le gusta?

- Sí, es la mejor manera de controlar a las masas.

- Esto empieza a ponerse interesante. ¡Desarrolla!

- Las estrategias de control de masas de la Tierra pueden dividirse en tres categorías: las que utilizan la fuerza y la represión, las que utilizan los placeres fútiles y hedonistas regidos por la tecnociencia y las que utilizan ambas.

- ¿Qué quieres decir con ambas cosas?", preguntó Zeus.

- Es decir, por un lado, controlamos a los ciudadanos con aplicaciones móviles y videovigilancia por doquier, y al mismo tiempo los distraemos con placeres fútiles y consumo masivo.

- ¿Puede darme algunos ejemplos concretos?

- De acuerdo, te daré un ejemplo de cada enfoque, empezando por el más duro y represivo, que es Corea del Norte. Luego, el enfoque híbrido que acabo de mencionar, el del gobierno chino, y por último los estadounidenses, que llevan años manteniendo a sus ciudadanos ocupados con pasatiempos inútiles.

- Ya veo, ¿y cuál es la estrategia más eficaz?

- Obviamente, placeres inútiles. Aunque durante mucho tiempo los gobernantes terrestres utilizaron el sufrimiento y la fuerza para dominar y controlar a las masas, se han dado cuenta de que el placer fútil hace este trabajo más eficazmente.

- ¿Qué quieres decir?, preguntó Zeus.

- Reprimiendo a la gente, ésta se rebelará tarde o temprano contra el opresor, mientras que construyendo una civilización de placeres fútiles y hedonistas se puede controlar a las masas para siempre.

- Una noción muy interesante, ¡me sorprendes hijo!

- ¡Gracias papá! Básicamente, la gente estará muy ocupada con el consumo y los artilugios y no tendrá tiempo para iniciar una revolución.

- Así que no necesitamos aplastar a los humanos, sólo necesitamos entretenerlos. ¡No está mal!

- Sí, lo es.

- Pero antes de todo eso tenemos que recuperar el poder y el control total del planeta y luego garantizar la estabilidad mediante el entretenimiento", dijo Zeus con un tono decidido.

- ¿Alguna otra pregunta, majestad? preguntó Dionisio.

- No, eso será todo por ahora. No te excedas, fiestero, ¡tenemos una guerra que librar! Hasta la próxima", dijo Zeus.

- ¡Adiós papá!

Así terminó la llamada de Dionisio con Zeus, que dejó a este último aún perplejo ante los mortales.

Hades

Dios de los infiernos y del mundo subterráneo, rey de los muertos, este hermano de Poseidón y Zeus, era el candidato natural para ocuparse de los asuntos subterráneos terrestres.

Le sorprendió ampliamente la evolución de la relación del hombre con su mortalidad. La obsesión del hombre moderno por la inmortalidad y la represión de su mortalidad le divertía mucho. Este guardián del Tártaro se asombró al ver las instituciones penales terrestres y sus versiones hiperseguras como Guantánamo.

Siendo un experimentado *"guardián de la prisión"*, tomó notas para mejorar su plan para la construcción de un súper Tártaro terrestre que albergara a los prisioneros de la próxima guerra con los humanos.

Se presentó puntualmente a su llamada con Zeus, que comenzó con sus palabras:

- Buenos días, majestad, dijo a Zeus.

- ¡Saludos maestro del inframundo! Te ves diferente, ya no llevas el Casco, tu hermoso casco...

- ¡No, Majestad, como agente encubierto no puedo! ¡Me hace invisible a los mortales!

- ¿Dónde está tu perro guardián de tres cabezas, Cerbero?

- Yo también lo dejé en casa, para no llamar la atención, dijo Hades.

- ¡Así que los mortales no han visto al rey de los muertos! Estoy deseando que llegue el día en que *"Zeus Subterráneo"* desate las Sombras Brumosas sobre esa ingrata banda de humanos.

- ¡Con mucho gusto su majestad!

- Así que, ¡cuéntame!

- Así que, ¡comencemos con las buenas noticias!

- Ah, bueno, ¡por fin una buena noticia! Llevo todo el día escuchando malas noticias, dijo Zeus con entusiasmo.

- Así que los mortales siguen siendo mortales, a pesar de sus avances científicos.

- Tanto mejor, los había diseñado así de todos modos. Entonces, ¡cuéntanoslo!", preguntó un Zeus.

- La muerte es un tema tabú aquí en la Tierra y nadie habla de ella. Intentan por todos los medios negarlo. La religión se basa en este miedo a su mortalidad.

- ¡Amplía un poco más!

- Durante años han fantaseado con la vida eterna y han utilizado todos sus medios tecnológicos y médicos para prolongar su corta vida.

- ¿Y han tenido resultados prometedores?

- Sí y no, gracias a sus avances científicos ganan tres meses de esperanza de vida cada año, pero esto no ha sido suficiente para que dejen de fantasear con la vida eterna.

- ¡Así que aún no se ha ganado!

- Sí, pero mientras tanto han recurrido a otros métodos.

- ¿Cómo qué, por ejemplo?", preguntó Zeus.

- Hay algunos ricos que se congelan... criogénicamente... con la esperanza de volver a la vida en un futuro lejano.

- ¿Congelar? ¡Son increíbles, estos mortales!

- Y eso no es todo. Comprendieron que el umbral teórico de la vida humana se sitúa en torno a los 120 años, y para romper este umbral, el hombre utilizó su arsenal tecnológico.

- Hmmm, 120 años en la tierra, en ese momento, ¡sólo vivían 30 años!

- Básicamente, hay dos vías principales: la genética y la tecnología. Este último consiste en prolongar la vida mediante trasplantes de órganos, lo que es posible gracias a la clonación humana.

- ¿Qué significa clonar?

- Básicamente, es una técnica que permite, por ejemplo, obtener animales sin pasar por la reproducción sexual, es decir, sin la reunión de dos gametos. En otras palabras, la clonación es la reproducción asexual. Si quieres, una fotocopia de un ser vivo. Ya ves, han empezado a creerse dioses.

- ¿Sustituyen los órganos que fallan por partes humanas? preguntó un asombrado Zeus.

- Sí, eso es.

- ¡Esto es muy inteligente!

- Y la otra vía, que es la genética, pretende dominar la renovación celular, es decir, descifrar el código fuente de su sistema operativo biológico y vencer así la degeneración, lo que les dará la inmortalidad.

- ¿Qué, entonces es posible? No hay manera de que pueda dominar eso, gritó Zeus enfadado.

- Según mis observaciones, ¡todavía queda trabajo por hacer en lo que respecta a la inmoralidad total!

- Gracias, me tranquilizas, dijo Zeus aliviado.

- Dicho esto, a la espera de la inmortalidad, ha habido otros intentos con el transhumanismo, que prevé el Hombre aumentado.

- ¿Qué quieres decir con "*aumentado*"? preguntó Zeus perplejo.

- Se trata de mejorar las capacidades físicas y mentales de los seres humanos mediante el uso avanzado de la nanotecnología y la biotecnología.

- ¿Y ya lo están haciendo?

- Acaba de empezar, y en un principio los transhumanistas están abordando enfermedades y discapacidades como la ceguera o la parálisis, en las que las prótesis animadas a través de un procesador servirán.

- ¿Y ahora qué?

- Pues bien, planean conectar el cerebro humano a Internet, ¡para darle acceso a una cantidad fenomenal de información!

- Oh, no, eso no es cierto, se quejó Zeus.

- No se preocupe, Majestad, antes de que lo hagan, ya los habremos destruido, se lo aseguro.

- Bueno, ¡esperemos que así sea! Ahora, ¡cuéntame un poco sobre su política penal! ¿Tienen un tártaro como nosotros?

- No, Majestad, en su país se llama prisión.

- ¿Son estas prisiones terrestres tan aterradoras como el Tártaro?

- También tienen una puerta de hierro, pero el resto es diferente. Los ocupantes de estas prisiones son las personas que han transgredido las leyes de su país. Además, me quedé atónito por la magnitud del crimen en la tierra.

- ¡Montón de delincuentes! ¡Creía que Prometeo les había concedido la sabiduría!

- No es así, parece que para ellos la delincuencia es parte integrante de cualquier sociedad.

- Así que, según ellos, no existe una sociedad libre de delitos, y no puede haberla, ¿verdad?

- Sí, así es.

- Entonces, dime cómo los humanos se convierten en criminales.

- Según mi análisis, la delincuencia terrestre tiene sus raíces en un cóctel de razones biológicas, psicológicas y socioeconómicas, concretamente un entorno hostil estresante y desigual como factor amplificador.

- Así que, como siempre, el hombre, en lugar de atajar el origen del problema, se limita a castigar a los infractores.

- Sí. Se trata de una forma de violencia institucionalizada, en la que el Estado tendría el monopolio. En los casos más graves, como el asesinato, la traición, el terrorismo y el narcotráfico, el hombre recurre a la pena de muerte, que consiste en ejecutar a los condenados por diferentes métodos en distintos países.

- Zeus se sorprendió.

- Sí, el objetivo sería disuadir, proteger a la sociedad humana de los delincuentes peligrosos y erradicar la reincidencia. Además, he oído que es más barato que la cadena perpetua.

- Y funciona, ¿es eficaz?

- Que yo sepa, no. En consecuencia, muchos países han abolido la pena de muerte. Pero he visto bastantes durante mi estancia en la tierra", dice Hades.

- ¿Y quién tiene razón al final?

- Es difícil de decir, cada lado tiene sus argumentos. Quienes se oponen a la pena de muerte en la tierra la consideran una violación del derecho a la vida, y también mencionan su irreversibilidad en caso de error judicial. También discuten el supuesto efecto disuasorio de la pena capital, argumentando que los asesinos no premeditan sus crímenes en función del castigo aplicado.

- Tienen razón, ¿no? Y los defensores de la pena capital, ¿cuál es su argumento?

- Hablan del libre albedrío y del contrato social y de la responsabilidad del hombre por sus actos y hacia la sociedad.

- Eso también suena razonable, ¿qué te parece?" preguntó Zeus a Hades.

- Como dios griego, creo que la muerte es nuestro dominio y los mortales no pueden interferir. Dicho esto, entiendo que, en ciertos casos extremos, como los asesinos en serie u otro tipo de psicópatas, el hombre estaría tentado de favorecer la pena de muerte por el peligro que supone para la sociedad y el alto coste de encarcelarlos de por vida.

- Estamos de acuerdo en este punto. Buen trabajo, hermano, ¡te llamaremos!

- ¡Su Majestad!

Una llamada que, como siempre, dejó a Zeus preocupado ante un rival sin parangón.

Hefesto

Este dios del fuego, la forja y los metales tuvo una infancia traumática. De hecho, este feo hijo de la diosa Hera y Zeus, tras una discusión, fue arrojado por su madre Hera a la Tierra, incapacitándolo para siempre. A esto se sumó un matrimonio fallido con Afrodita, que nunca lo amó y lo engañó repetidamente. Este niño poco querido e inseguro compensó su complejo de inferioridad destacando en ingeniería, lo que le convirtió en el candidato ideal para el espionaje industrial en la Tierra.

Nada más llegar a la Tierra se puso a trabajar para evaluar las capacidades industriales de los humanos. Estaba asombrado por los avances tecnológicos del hombre.

La nanotecnología y la IA fueron algunos de los ámbitos que le impresionaron especialmente.

Su primera llamada con Zeus tuvo lugar una semana después de su llegada a la Tierra.

- Hola, papá, le dijo a Zeus.

- ¡Hola hijo!

- ¿Así que estás trabajando?

- Sí, desde que llegué no he tenido un momento de descanso. ¡Hay tantas cosas que ver y estudiar!

- Oh, no, no me digas que a ti también te han impresionado -dijo Zeus decepcionado-.

- Sí, majestad, ¡me asombran sus logros técnicos! Mientras que los otros animales que has creado siguen como antes, ¡estos humanos han superado todos los límites!

- ¡Para! Me cabrea ver a nuestros dioses alabando a los mortales, dijo un molesto Zeus.

- ¡Perdóneme majestad! ¡No era mi intención molestarte!

- No es nada, ¡vamos! ¿Qué es lo que le ha sorprendido tanto de los humanos?

- La lista es larga, Su Majestad. Robots colaborativos, exoesqueletos, realidad virtual y aumentada, impresión 3D, etc.

Ya están en la era postindustrial, ¿sabes lo que eso significa para mí?

- No, ¡dime!

- ¡Soy un dios que ya no existe! ¡Me siento como un dinosaurio anticuado con ellos!

- ¿Tanto?

- Pues sí. Odio tener que decírtelo, pero tu arma sagrada, el rayo, tampoco funciona aquí.

- ¿Qué es eso? ¿El arma que usé para derrocar a Cronos y a los otros Titanes, es inútil en la Tierra? ¿Cómo puede ser eso?

- Su majestad, los humanos han desarrollado tecnologías de protección contra rayos y sobretensiones que les protegen de lo peor de los rayos.

- ¿Incluso el tercer destello de mi rayo, que es capaz de destruir el mundo?

- Sí, majestad, me temo que sí.

- ¿Y qué hay del tridente de Poseidón?

- Desgraciadamente sí majestad, ¡se han vuelto demasiado fuertes! Sus nuevas tecnologías han puesto patas arriba los sistemas de producción de la tierra. Ya estamos hablando de la Industria 4.0.

- 4.0?

- Sí, la cuarta generación, una combinación de tecnologías de producción avanzadas como los robots colaborativos, los robots móviles, los drones, los exoesqueletos, la impresión 3D, así como la inteligencia artificial, la realidad virtual y la realidad aumentada.

- ¿Qué es un robot colaborativo?

- Hacen lo mismo que nosotros los dioses, ¡hacen humanos mecánicos! Estos robots autónomos trabajan con los humanos y se encargan de las tareas pesadas y monótonas.

- Hmmm, ese maldito Prometeo, ¡todo es culpa suya!

- Incluso han conseguido manipular la realidad, de hecho, su realidad aumentada no es más que una técnica utilizada para superponer elementos virtuales *(textos, planos, pictogramas, objetos 3D, etc.)* sobre su percepción del mundo real. ¿Te das cuenta de eso?

- ¿Me estás diciendo que estamos jodidos?

- No del todo, pero no hay que subestimar a estos mortales.

- Y si esto sigue así, ¿cuáles serán las consecuencias de este loco progreso humano para nosotros?

- Es difícil decirlo, pero es muy probable que con sus avances espaciales consigan colonizar otros planetas y así dominar poco a poco el Universo. Sé que están planeando enviar humanos a Marte y están preparando un primer viaje tripulado para 2030 en la Tierra.

- ¿Así que es sólo cuestión de tiempo que aparezcan en mi jardín en el Éter?

- Me temo que es posible. Ya han colocado una Estación Espacial Internacional (ISS) en la órbita baja de la Tierra, ocupada permanentemente por astronautas terrestres que realizan investigaciones científicas en el entorno espacial. Así que es sólo cuestión de tiempo que encuentren nuestra base en el éter.

- ¡Mierda, mierda, mierda! ¿Qué hacemos ahora?

- Tenemos que identificar sus puntos débiles y atacarlos para poder sacar unos cuantos puntos de ventaja.

- Unos cuantos puntos de ventaja. Espero que no hables en serio.

- ¡Me temo que sí, Su Majestad! Les hemos dejado libres durante demasiado tiempo y sería imposible deshacer lo que han conseguido hasta ahora, así de fácil.

- Ya veo. Por favor, elabore un plan detallado sobre cómo reforzar nuestro arsenal bélico.

- Ya estoy trabajando en ello, Su Majestad.

- Bueno, gracias, ah por cierto su esposa me habló de una cirugía plástica para usted, ¿se enteró?

- Sí Majestad, ella insiste en que lo haga, ¿qué le parece?

- Mira, es tu elección, pero si yo fuera tú lo haría, ¡así ella dejaría de acostarse!

- Sí, lo hace.

- Vale, me voy, nos vemos pronto, ¡cuento con vosotros!

- Muy bien, Majestad.

Otra llamada que amplificó la neurosis de Zeus y lo sumió en la angustia y la depresión.

Hera

Hermana y esposa de Zeus, esta diosa del matrimonio, de las mujeres, del nacimiento, era responsable de la protección de las mujeres casadas. Su último recuerdo de los humanos fue hace miles de años, cuando vivían en grupos en cuevas y compartían todo en el grupo.

Le sorprendió la evolución de la noción de familia en la Tierra, desde las familias extensas hasta la familia nuclear, un subproducto de la llegada del capitalismo. Estaba desconcertada por las metamorfosis de la familia humana. Especialmente la familia nuclear, basada en la noción de una pareja monógama y sus hijos, nacidos de los lazos del matrimonio.

Su primera llamada con Zeus tuvo lugar una semana después de su llegada a la Tierra.

- Hola, cariño, le dijo a Zeus.

- ¡Hola, cariño!

- ¿No me echas demasiado de menos? preguntó sonriendo.

- Por supuesto, ¡qué pregunta! Estoy agotado por tu ausencia y por todos los informes preocupantes que recibo a diario de los dioses de la Tierra.

- Oh, vale, ya veo.

- Entonces, cuéntame, ¡espero que al menos tengas una noticia reconfortante!

- Haré lo que pueda. Para empezar, debo decir que la familia humana como institución ha sufrido múltiples transformaciones desde nuestra partida.

- ¿Qué quieres decir?, preguntó Zeus.

- Empezando por los grupos pequeños y medianos, ahora están con la llamada familia nuclear, formada sólo por un matrimonio y sus hijos.

- ¿Así que el hombre se volvió monógamo?

- Sí, la poligamia ha sido prohibida en la mayor parte del mundo.

- ¡Qué horror!

- ¡Pensé que dirías eso!

- Entonces, ¿cómo ha sucedido esto?

- A decir verdad, para mí también es un verdadero misterio. Aunque desde el punto de vista genético la poligamia conduciría a la variación genética y permitiría a la descendencia sobrevivir mejor a un entorno hostil, los humanos han optado por esta arriesgada estrategia que normalmente sería un obstáculo para la supervivencia de otras especies animales.

- Sí, fui yo quien hizo las *"especificaciones"* para la creación de los humanos. Por razones de productividad, elegí combinar un solo macho con varias hembras. En otras palabras, un esperma del macho sería suficiente para fecundar un óvulo, por lo que cada macho podría fecundar a varias hembras. ¡Es un gran desperdicio de semen esta monogamia humana!

- Sí, lo recuerdo. Incluso cuestioné esta asimetría fundamental entre el potencial reproductivo de machos y hembras en su momento.

- ¿Y has averiguado por qué han tomado esta arriesgada decisión?

- He mirado en sus revistas históricas y científicas y la verdad es que tampoco lo saben.

- Debe haber una razón lógica para ello, ¿no crees?

- He encontrado algunas hipótesis al respecto.

- ¡Vamos, elabora!

- En realidad, hay tres hipótesis: según la primera, el hombre renunció a la poligamia para evitar el infanticidio.

- Infanticidio, ¿cómo? ¿Como papá tragándose a sus hijos?

- No, peor, parece que, entre los mamíferos, los machos a veces matan a las crías que no son suyas. Al parecer, para que puedan aparearse con la madre, que, al morir su bebé, dejará inevitablemente de amamantar y, por tanto, volverá a ovular.

- Entonces, ¿ésta es la razón por la que el sire se mantendría cerca de ella, para asegurar la supervivencia de sus herederos?

- Exactamente. Según la segunda hipótesis, la monogamia se impone cuando las hembras se vuelven hostiles entre sí.

- Es como nosotros, ¡tus celos encajan!

- ¡Sin comentarios! Según esta teoría, las hembras han elegido vivir alejadas de otros competidores, por lo que un solo macho no podría pretender proteger a varias hembras de la lujuria de otros machos. Una estrategia bastante inteligente que obliga a los machos a quedarse con una sola hembra, lo que asegurará su reproducción.

- ¡Ah, las mujeres terrestres son más inteligentes que nuestras diosas! ¿Y la última teoría al respecto?

- Intentaron explicar la monogamia por la hormona del amor, la oxitocina.

- ¿Una hormona de qué?

- La hormona del apego, que no crea la monogamia, pero permite que ésta perdure.

- ¿Cómo es eso?

- La hormona no inhibe la atracción, pero al crear un vínculo exclusivo, evita que el hombre se acerque demasiado y se ponga a disposición de un juego de seducción.

- ¿Cómo pudieron desviarse de su naturaleza? La monogamia sexual no es natural. No los creé para que tuvieran una relación de por vida. Lo mismo ocurre con las hembras, las había programado para que buscaran machos fuertes que les ofrecieran genes de calidad y algún apoyo material.

- Ya veo. Según este razonamiento, sería mejor para una mujer ser una, entre otras esposas de un hombre polígamo superior (física y económicamente), que la única esposa de un hombre mediocre.

- Lo tienes, dice Zeus.

- Pero no olvidemos el papel de la selección natural en todo esto.

- ¿Selección natural? ¿La naturaleza se atreve a desobedecer la voluntad de Zeus?

- ¡Aparentemente sí! La evolución de la raza humana, mientras hemos estado ausentes durante los últimos milenios, ha alterado considerablemente su configuración inicial.

- ¡Ese maldito agujero negro!

- Así, cualquier comportamiento que no aporte una ventaja evolutiva a la especie, desaparecerá con el paso de las generaciones.

\- Sin embargo, la poligamia es beneficiosa para la supervivencia de la especie, dice Zeus, un poco confundido.

\- Sí y no. Para los humanos, la poligamia es muy costosa en términos de tiempo y energía.

\- Ahora estoy completamente perdido.

\- Al no tener que perder tiempo y energía buscando constantemente nuevas parejas o recuperándose de las traiciones de las parejas actuales, la monogamia ahorra mucha energía.

\- Sin embargo, Afrodita me dijo que los humanos no son tan fieles como parecen.

\- Puedo confirmarlo. Básicamente, los humanos pueden dividirse en dos categorías, en relación con la monogamia. Los infieles que, aunque siguen siendo monógamos oficialmente, viven una vida polígama extraoficialmente. Duermen a escondidas.

\- Y los fieles, ¿cómo lo hacen?

\- Vivirán varias relaciones monógamas en la vida y recurrirán al divorcio.

\- ¡Es decir, polígamos secuenciales!

\- ¡Si te gusta!

\- ¿Así que esto explicaría el gran número de divorcios terrestres y otros problemas familiares como la violencia doméstica? preguntó Zeus.

\- Por supuesto. Además, significa que la familia nuclear ya no se ajusta a las exigencias de la sociedad terrestre postindustrial. He visto niños con dos mamás o dos papás, padres solteros, familias mixtas o incluso niños con tres padres legales.

- ¿Cuál es la familia del mañana?

- Los seres humanos ya están experimentando con formas más flexibles de convivencia más allá del matrimonio. Incluso hay quienes han regresado a familias ampliadas y forjadas. Y, por último, los colectivos modernos, como las comunidades de retiro intergeneracional, los colectivos de madres solteras, etc.

- ¿Qué pasa con el destino del matrimonio en todo esto?

- Obviamente, el matrimonio se verá afectado.

- Entonces, ¿el matrimonio monógamo tiene los días contados?

- No inmediatamente, sino gradualmente. Lo que ha desestabilizado el matrimonio es la llegada del amor romántico, donde el amor se ha invitado a sí mismo a casarse.

- Esto empieza a ponerse interesante.

- Hace unos siglos, existía una estricta separación entre los asuntos del corazón y la institución del matrimonio. Básicamente, la gente se casaba por consideraciones prácticas como el poder y el dinero. Al mismo tiempo, la pasión y el sexo se practicaban en un registro diferente, es decir, las amantes, los burdeles y el cortejo.

- ¿Como en casa?

- Sí", dijo Hera con un pronunciado descontento.

- ¿Y luego qué pasó?

- Cuando el amor llegó al matrimonio, el sentimiento sustituyó a la razón y el impulso a la tradición.

- Así que había que estar enamorado para casarse, mientras que este amor romántico estaba completamente desprovisto de cualquier consideración práctica.

- Sí, así es. El principal error del hombre en este asunto fue la negación de que el matrimonio y el amor tienen propósitos diferentes. Así, mientras que el matrimonio tiene que ver con la descendencia, los aspectos prácticos y la vida, el amor tiene que ver con los aspectos "carnales" de la vida, incluso con la pasión y el deseo, que por cierto son el secreto de su intensidad.

- ¿Y cuándo comenzó esta revolución en el amor humano?

- Es un fenómeno bastante reciente en la historia de la humanidad, yo diría que desde el siglo XVIII en la tierra.

- ¿Tuvieron que pasar dos siglos para darse cuenta de que esa fusión de matrimonio y amor era un error?

- Sí, conscientes de esa ilusión irreal que era el matrimonio romántico, comprendieron que no había que pedirle demasiado al amor.

- Sí, es imposible que proporcione al hombre una realización personal, sexual, social, infantil, etc., dice filosóficamente Zeus. ¿Y cómo lo hacen?

- Ha habido varios intentos recientes de hacer que el matrimonio funcione. Básicamente su mensaje sería que, dado que el matrimonio es un encuentro profundamente complejo, se necesita mucha madurez, trabajo y sacrificio para que funcione.

- Quieren salvar el matrimonio a cualquier precio. No entiendo, ¿es el hombre para el matrimonio o el matrimonio para el hombre?

- Lo hacen principalmente por su miedo a la soledad. Así que el compromiso es aceptar que no se puede tener todo y que la incomodidad del matrimonio sería preferible a la alternativa que es la soledad.

- Sí, en efecto, ya entonces la soledad era la peor pesadilla de los humanos, lo recuerdo bien. ¡Montón de peleles! En definitiva, son bastante infelices, ¿no?

- Digamos que están un poco confundidos, si no perdidos.

- Bien, gracias, cariño. Pronto los sacaré de su miseria. Una vez sometidos a la voluntad de Zeus, encontrarán la plenitud en todos los sentidos, dijo Zeus en tono decidido.

- ¿Tienes más preguntas, cariño?

- No gracias, eso es todo por ahora. Te llamaremos.

- ¡Bien, besos!

Así terminó la llamada de Hera con su marido Zeus, que volvió a asombrarse de las transfiguraciones de los humanos desde su partida.

Hermes

También conocido como Mercurio en su pasaporte italiano, Hermes era uno de los dioses más emblemáticos del Olimpo. Entre sus diversas habilidades estaban: el dios del movimiento, los ladrones, el comercio y los viajeros. Además de todo esto, también servía como mensajero de los dioses. Y sólo esta última habilidad convenció a Zeus de que sería el mejor candidato para el puesto de ministro de Asuntos Exteriores.

La geopolítica era el nuevo campo de actividad de Hermes, al que se le encargó la elaboración de un plan estratégico para que los dioses recuperaran su hegemonía universal.

Tras quedar traumatizado por los informes condenatorios de la Tierra, Zeus convocó a Hermes, su fiel mensajero, a una conferencia.

- Hola Hermes, ¿puedes oírme?

- ¡Sí, majestad, alto y claro! ¿Cómo estás?

- Digamos que he visto días mejores", dijo Zeus con tristeza.

- Pero no majestad, no se preocupe, ganaremos la batalla, ¡como la primera Titanomaquia!

- No del todo. ¡Nos enfrentamos a una bestia diferente! ¿Cómo ves las cosas?

- Como saben, soy optimista por naturaleza. He identificado una serie de trucos que nos servirán en la batalla contra los mortales.

- Oh, bueno, ¡vamos, elabora!

- Encontré un planeta dividido y en total caos. A diferencia de aquí, en el Olimpo, los humanos se han distanciado tanto que se han convertido en una especie heterogénea.

- ¿Tan diferente?

- Sí, en todos los sentidos, aspecto físico, cultura, lengua, tradiciones y creencias.

- Sí, me han hablado de las razas blanca, amarilla, marrón, roja y negra.

- De hecho, en el curso de su evolución milenaria, han desarrollado características físicas y psicológicas distintas.

- ¿Y tampoco hablan el mismo idioma?

- No, he enumerado más de 6.000 lenguas diferentes, pero dicho esto, hay seis lenguas dominantes en la Tierra: inglés, chino, hindi, español, francés y árabe.

- Así que, ya es un factor de división importante, bueno, adelante, dice Zeus con alegría.

- Sí, y además tienes su mentalidad tribal. Vi las fronteras nacionales protegidas por gente armada como una fortaleza.

- ¿Cómo han llegado hasta allí?

- Pues bien, desde la prehistoria, el hombre, como animal social, ha vivido en grupos, una especie de orden cerrado destinado a proteger a sus miembros, que estaban unidos al grupo por la sangre. Así que cualquiera que estuviera fuera de este círculo cerrado era mirado con recelo y considerado un enemigo potencial.

- Así que aquí es donde comenzaron todas las guerras terrestres.

- Sí, a partir de ese momento, en un intento de monopolizar los recursos vitales para su supervivencia, fue necesario aumentar el poder de la tribu, lo que dio lugar a intrigas, conflictos y guerras. El resto ya lo sabes, poco a poco las tribus se fueron expandiendo y el proceso de consolidación de las tribus dio lugar al nacimiento de las primeras sociedades tribales y posteriormente a la creación de imperios que se fueron derrumbando uno tras otro. Y, por último, los Estados modernos tal y como los conocemos hoy.

- Sí, ya veo, confirmó Zeus.

- Esta situación no ha cambiado fundamentalmente y hoy vemos las mismas intrigas y guerras. Todo ello disfrazado de una nueva ciencia de la tierra llamada geopolítica.

- En cierto modo, se han vuelto como nosotros.

- Sí, su majestad. Esta fragmentación y división de la especie humana se manifiesta en un planeta dividido en casi 200 tribus (países).

- ¿Cuál es el elemento unificador de un país terrestre?

- Hay varias, como la raza, la lengua, la cultura y la historia. Esta fragmentación, la humanidad paga el precio como la guerra, la violencia, el racismo, la xenofobia, la desigualdad global, los flujos migratorios, etc.

- ¡Pero eso es genial! Así que podemos aprovechar estos factores de división religiosa, política, cultural, étnica y sexual", dice Zeus, regocijado.

- Por supuesto. De hecho, la actual diversidad de tribus humanas ha llevado a una "tribalización" del planeta. En otras palabras, ¡nuestra línea de vida!

- Bueno, eso es exactamente lo que dice Ares. Él también sugiere una estrategia para sembrar la discordia en la Tierra y enfrentar a las potencias terrestres antagónicas para debilitarlas y así influir en ellas. Debe compartir con él sus observaciones y síntesis. ¡Buen trabajo!

- ¡A su servicio, Majestad!

Así terminó el intercambio entre Hermes y Zeus, confirmando la fragilidad y la división de los humanos, que en cierto modo sería la salvación de los dioses griegos.

Poseidón

Dios del mar y de los caballos, también conocido como Neptuno en su pasaporte italiano, este hijo de Cronos y Rea fue elegido para cuidar del medio ambiente.

Tras notar la desaparición de las nubes en la cima del monte Olimpo, Poseidón se dio cuenta rápidamente de que el entorno de la Tierra había sufrido profundos cambios, que debían ser identificados. Así que se puso a trabajar para comprender la evolución ecológica de la Tierra en los últimos veinticinco siglos.

Su primera llamada con Zeus tuvo lugar una semana después de su llegada.

- Hola, hermano, dijo a Zeus.

- ¡Hola, Poseidón! ¿Cómo va todo?

- Sí, desde que llegué he estado trabajando sin parar. ¡Lo han estropeado todo!

- Pues sí, cuando el gato no está, ¡los ratones bailan!

- De hecho...

- ¿Es tan mala la situación medioambiental del planeta?

- No hay foto, ¡no sé ni por dónde empezar! El suelo, el agua, los bosques, ¡es una catástrofe!

- Apuesto a que al tener que alimentar a una población galopante han agotado las tierras cultivables...

- Sí, lo han hecho. El riego excesivo y mal concebido ha degradado permanentemente el suelo por el impacto de la salinización, es decir, la acumulación de sal.

- Además, ¡pronto habrá once mil millones de ellos! añadió Zeus.

- Sí, lo harán. Además, el exceso de riego no es el único mal, también hay erosión hídrica, erosión eólica, degradación química y daños físicos o estructurales.

- ¿Lo mismo ocurre con el agua?

- ¡Peor aún! La mitad de los ríos del mundo están gravemente dañados o contaminados. Un tercio de la población mundial depende de las aguas subterráneas, cuyo nivel desciende constantemente, sobre todo por la excesiva extracción de agua. Ochenta países de la Tierra sufren una grave carencia de agua potable.

- ¡Qué bien, se morirán de sed! dice Zeus.

- Sí, no está lejos. Así pues, más de mil millones de personas no disponen de agua potable y más de dos mil millones no tienen un saneamiento mejorado. Esto ha provocado la propagación de enfermedades transmitidas por el agua, como la malaria, responsable de dos millones de muertes al año.

- Así que no tenemos que hacer nada, ¡se irán solos! dice Zeus satisfecho.

- Sí. También son grandes productores de aguas residuales, que son la principal fuente de contaminación.

- ¡Claro que sí! El crecimiento de la población y la rápida urbanización resultante explican todo esto.

- Exactamente. Especialmente en los países pobres, donde la falta de financiación de los sistemas de evacuación de aguas residuales y de las plantas de tratamiento de aguas es el mayor problema.

- Ya veo, añadió Zeus.

- No olvidemos la escorrentía cargada de fertilizantes de las tierras agrícolas y las emisiones de coches, camiones y otros vehículos, que aportan nutrientes a los océanos y mares, especialmente compuestos de nitrógeno.

- ¿También los fertilizantes?

- Sí, el uso de fertilizantes está aumentando en los países pobres que necesitan producir aún más y esto está causando floraciones de algas tóxicas, mareas rojas, debido a estos aportes de nutrientes.

- ¿Y los océanos?, preguntó Zeus.

- Además, están al borde del colapso a causa de los vertidos de petróleo, los vertidos de metales pesados y los distintos tipos de basura. Además, la sedimentación, resultado de las actividades de construcción en la costa, está amenazando seriamente los arrecifes de coral en todo el mundo.

- ¿Y los peces?, preguntó Zeus.

- Un tercio de las poblaciones de peces del mundo se está agotando debido a la sobrepesca y la sobreexplotación.

- He oído que incluso el aire es irrespirable, ¿estás de acuerdo?

- Absolutamente, he estado tosiendo desde que llegué aquí. Lo mismo ocurre con la atmósfera de la Tierra, que está experimentando un agotamiento sin precedentes de la capa de ozono, que protege la vida en la Tierra de los peligrosos rayos ultravioleta. Y, por último, las concentraciones de otros gases de efecto invernadero y de calentamiento global también han aumentado.

- ¡Bien hecho, mortales! Sabía que no debía armarlos demasiado, ¡este es el resultado!

- Estoy totalmente de acuerdo. No sé si te has dado cuenta, cada vez hay menos bosques en la Tierra.

- Sí, es cierto.

- Bueno, un tercio ha desaparecido en los últimos siglos de la tierra. La razón principal es la producción global de madera.

- Pero tenía la impresión de que con sus avances tecnológicos utilizaban menos papel...

- Sí, pero la mitad de la producción mundial de madera se utiliza como combustible en los países desarrollados.

- ¿Y los demás animales terrestres?

- Al parecer, todos los dones que les dio Epimeteo son inútiles contra el Hombre, que los ha sometido a su voluntad. Casi una cuarta parte de las especies de mamíferos están al borde de la extinción. La situación de los animales es patética. Son devorados por el hombre o reducidos a objetos de entretenimiento, como animales de zoológico.

- ¡Qué destino tan trágico! dice Zeus. La ironía es que, cuando se crearon los mortales, ¡quién iba a pensar que estos humanos desnudos y frágiles se convertirían en los tiranos de la Tierra y obligarían así a todos los demás animales a la esclavitud!

- Sí, ¡qué golpe del destino!", confirmó Poseidón.

- Debe haber justicia en alguna parte. ¿La venganza de la naturaleza y de los animales llegará pronto, supongo? preguntó Zeus.

- Absolutamente, ya puedo ver signos de ello. Por ejemplo, la deforestación masiva ha provocado la fragmentación y la alteración de los hábitats y la fauna. Esto ha contribuido indirectamente a las pandemias mortales en la Tierra.

- ¿Cómo es eso?

- De hecho, las recientes enfermedades infecciosas y pandemias que he observado en la Tierra están directamente relacionadas con la actividad humana, como la deforestación, el tráfico ilegal de animales salvajes y la contaminación atmosférica. Estos son los factores que hacen que los humanos entren en contacto con los virus mortales.

- ¡Amplíenlo!

- Básicamente, estos virus habrían existido siempre en todo el mundo en las profundidades de los bosques tropicales en los cuerpos de las especies salvajes, lejos de los humanos. Durante mucho tiempo, esta distancia habría protegido a los humanos de estos virus. Sin embargo, al alterar estos ecosistemas, el ser humano ha facilitado la transmisión de virus entre los animales salvajes y los humanos, siendo los animales de granja el vector intermedio.

- Esto es lo que decía antes: ¡la venganza de la naturaleza!

- Sí, lo es. En cualquier caso, los humanos no tienen elección. Lo que está en juego es su supervivencia. Deben cambiar profundamente sus valores y su forma de vida, respetando a las demás especies vivas de su planeta, de lo contrario, ¡estarán jodidos!

- ¡El Hombre que yo conozco no es capaz de hacerlo, eso es seguro, nunca aprenden de sus errores y siguen haciendo la misma mierda una y otra vez!

- Eso es todo por ahora", termina Poseidón.

- ¡Buen trabajo, te llamaremos, ciao!

- Ciao hermano, dijo Poseidón, colgando.

El Plan Titán

Tras sus misiones de reconocimiento en la Tierra, los dioses griegos se reunieron en la Asamblea de los Dioses para elaborar *"el plan Titán"* para conquistar el mundo.

El hilo conductor de los informes de campo enviados por los dioses griegos eran sus sentimientos encontrados hacia el hombre. En otras palabras, la inmersión de los enviados de Zeus en las dimensiones fundamentales del Hombre les había dejado una sensación mixta.

Por un lado, habían encontrado al Hombre perdido, confundido y neurótico viviendo en un planeta desgastado y al borde del colapso. Pero, al mismo tiempo, se asombraban de los fascinantes logros del hombre, que le habían permitido superar a todas las demás especies vivas de la Tierra y, por tanto, haber monopolizado todo su planeta.

Zeus inauguró la nueva sesión de la asamblea de los dioses en el teatro del cielo, donde hizo una solemne declaración pública en su postura habitual, es decir, inclinado hacia su trono:

- Mis queridas divinidades olímpicas, he soñado que un día estos ingratos mortales se rendirán ante su creador Zeus y le rogarán su misericordia. Como también han visto durante sus respectivas estancias en la Tierra, nos enfrentamos a un adversario inequívoco. La traición de Prometeo al confiar el fuego sagrado y el conocimiento a los humanos ha cambiado completamente el juego. A esto se suma nuestra interminable ausencia del agujero negro, que les ha permitido mejorar tranquilamente. Dicho esto, su historial no es tan bueno como cabría esperar de una civilización milenaria.

"Están más divididos y perdidos que nunca, con muchas diferencias políticas, económicas, religiosas y sociales.

"Cada uno de ustedes presentará su informe a la asamblea y luego haremos una votación para elegir el mejor enfoque para este desafío milenario."

"Empecemos por mi querida esposa Hera y su sugerencia para salir del titánico atolladero en el que nos encontramos.

Su Alteza la palabra es suya, Zeus le entrega el micrófono a su esposa".

- Mis queridas deidades..., comenzó Hera. "Estoy de acuerdo con Zeus en su preocupación por los humanos, pero estoy convencido de que tendremos éxito. Confío en que los mortales que son nuestra creación nunca nos dominarán y que recuperaremos el control del mundo como en los buenos tiempos. Dicho esto, las cosas nunca serán iguales y no podemos deshacer miles de años de evolución humana. Los mortales ya no son las criaturas primitivas que conocimos en su día y, por tanto, no deben ser considerados como tales." Tomó un sorbo de su néctar y continuó su discurso:

- Debemos adaptarnos a las nuevas realidades del mundo y utilizar el llamado *"soft power"*, como hacen algunos de los imperios humanos dominantes.

- ¿Podría decirnos qué entiende por soft power? preguntó Zeus.

- Por supuesto, Su Majestad. Se trata de un poder e influencia que no está relacionado con el poder militar de un Estado, sino con sus otras capacidades para lograr sus fines influyendo y desestabilizando a sus rivales.

En este punto, Ares le interrumpió diciendo:

- El poder blando (soft power) me inspira resignación y una declaración de fracaso, hay que golpear fuerte, si no...

Zeus intervino y le pidió que esperara su turno.

- Deja que Hera siga con su razonamiento, pidió Zeus a Ares.

- Gracias, su majestad. Por principio, estoy en contra de la violencia ciega e innecesaria. Vivimos en una época moderna y debemos utilizar herramientas modernas y sofisticadas para lograr nuestros objetivos. Creo sinceramente que el hombre ya ha sido suficientemente castigado por esta tontería y que ha llegado el momento no de la guerra y la destrucción de los humanos, sino de la liberación de éstos de su sufrimiento. Esto sería mediante la creación de una nación planetaria gobernada por nosotros y bajo la sabia dirección de Zeus, rey de los dioses.

Volvió su mirada hacia Zeus y sonrió.

- Su Alteza, preguntó Zeus, "¿podría explicar con más detalle esta noción de liberación humana? ¿Podría ser más específico?

- Por supuesto, Alteza -respondió Hera-, crearemos un estado planetario laico para todos los humanos, basado en un modelo económico y social justo y respetuoso con la naturaleza. En la actualidad, los recursos del planeta se reparten de forma desigual y sólo el 10% de los seres humanos controla el 83% de la riqueza mundial. Procederemos a una distribución más justa de la riqueza de la Tierra, para garantizar la estabilidad social del planeta.

- Pero, ¿cómo quieres negociar con ellos?, dijo Ares con sarcasmo, "para eso, primero tendremos que tomar el control de la Tierra y neutralizar a los mortales, ¡si no, nunca se someterán a nuestra voluntad!"

- Creo que Ares tiene razón -dijo Zeus-, los mortales nunca se rendirán sin luchar.

- Creo que, dada la miseria en la que se encuentra la mayoría de los seres humanos, no nos costará demasiado convencerlos por medios pacíficos, es decir, ¡nuestro poder blando!

- Bien, gracias Su Alteza, dijo Zeus cortésmente, veamos otros puntos de vista sobre el tema.

- Creo que Ares tiene algunas cosas que contarnos, sonrió Zeus. ¡El suelo es tuyo!

- Gracias su majestad. Gracias, Su Alteza Hera, por su presentación que encuentro bastante noble, pero perdóneme, bastante ingenua. Nos enfrentamos a una bestia neurótica y violenta que casi ha destruido todo en la Tierra. Según mis observaciones, sólo entienden un lenguaje, el de la fuerza. En otras palabras, en la Tierra, ¡todo es cuestión de poder!

- Eso no está mal, confirmó Zeus.

- Gracias majestad, agradeció Ares.

- Me gustaría saber quién es realmente el amo del mundo hoy, ya que es a él a quien tenemos que atacar, ¿no?

- En teoría sí, pero las cosas son más complicadas. En general, la historia de la humanidad siempre ha estado marcada por períodos estables, en los que una o varias potencias o imperios, como se les llama en la Tierra, han dominado el planeta. El último período de "estabilidad" que terminó en 1990 fue el de un mundo bipolar. A partir de entonces, el mundo se encontraba en un periodo de transición a la espera de un nuevo orden mundial. Esto ha llevado tiempo, ya que hay recién llegados a la escena mundial. Las superpotencias regionales exigen su parte del pastel. Llamémosles los Titanes Geopolíticos de la Tierra.

- ¿Me está diciendo que el mundo se ha vuelto multipolar? ¿Pero yo creía que sólo eran los chinos y los americanos? preguntó Zeus perplejo.

- Sí y no, Su Majestad. El nuevo *"desorden mundial"* se caracteriza por la aparición de cuatro nuevos centros de poder y nuevas rivalidades entre ellos: Estados Unidos, China, Rusia y la UE, cada uno con sus respectivas fortalezas y debilidades. El resultado de esta lucha de poder se decidirá por la capacidad de Estados Unidos de mantener su supremacía o incluso su hegemonía, en términos de poder económico, militar, tecnológico y de cohesión política.

- Entonces, ¿tengo razón al suponer que al final será la rivalidad chino-estadounidense la que determine el destino del mundo, por la sencilla razón de que ni los rusos ni la Unión Europea tienen lo necesario para poder dominar el mundo?

- Sí, Su Majestad, es muy probable.

- Y los chinos... ¿tienen todos lo que hay que tener para sustituir a los estadounidenses como amos del mundo?

- No del todo. No creo que tengan *la voluntad o la capacidad* de hacerlo al menos a medio plazo. Dicho esto, el ascenso de China está destinado a cambiar el orden internacional.

- ¿Y los rusos?

- En cuanto a Rusia, todo dependerá de su capacidad para mantener las bases económicas y sociopolíticas necesarias para seguir siendo una potencia mundial en el siglo XXI. A esto se suma el declive demográfico que dificultará aún más sus ambiciones geopolíticas en su vasto territorio.

- ¿Puede una alianza chino-rusa contrarrestar la hegemonía estadounidense?

- Este es ya el caso, ya que Rusia y China están formando una alianza y una influencia global en torno a normas diferentes del liberalismo occidental tradicional.

- ¿Y la Unión Europea? ¿Hice bien en no considerarla una gran potencia? Están muy divididos y son muy heterogéneos para ser una superpotencia sólida. ¿No es así?, preguntó Zeus.

- Es cierto que la situación de la UE, es decir, no ser un Estado-nación, sino una alianza política y económica, es un hándicap que le impide ser uno de los cuatro centros de poder en el orden internacional, y precisamente por ello, milita por el multilateralismo, mientras que los otros tres centros de poder buscan modificar el orden mundial.

- Eso es lo que pensé, dice Zeus. Me pregunto cómo puede la UE reclamar tal estatus cuando su búsqueda de autonomía estratégica y militar hasta ahora ha quedado en nada.

Hermes rompe su silencio y añade:

- Majestad, si me permite, no olvidemos que la disminución de la población activa de Europa y el aumento de la población inactiva de edad avanzada son también factores del debilitamiento económico de Europa en el mundo. En otras palabras, la erosión de su propio mercado interior y la falta de mano de obra son las principales desventajas que le impiden hacer frente a sus retos tecnológicos del futuro.

- Gracias Hermes, dice Ares. También me parece que es un objetivo poco realista, ya que el declive de Europa es una realidad. En el mejor de los casos, la UE sería un aliado de los estadounidenses contra los rusos y los chinos.

- Así que, en resumen, nos encontramos con cuatro centros de poder, pero a priori Estados Unidos sigue siendo la primera potencia mundial en términos políticos, económicos y militares.

- Sí, Majestad.

En ese momento, Atena levanta la mano para pedir la palabra.

- Sí, Atenea, ¿quieres añadir algo más? preguntó Zeus.

- Sí, Majestad. Creo que hemos olvidado el importante papel de GAFAM en el juego de la dominación mundial.

- ¿Quién es ese?

- Con ello me refería a los titanes tecnológicos de la tierra, es decir, a los gigantes de la web: Google, Apple, Facebook, Amazon y Microsoft, cinco grandes firmas estadounidenses que dominan el mercado digital.

- Pero aquí estamos hablando de estados, no de empresas", dice un desconcertado Zeus.

- Me explayaré un poco más, Majestad. Cuando hablamos de dominación mundial, tendemos a pensar en Estados soberanos e imperios, mientras que, en el siglo XXI, algunas grandes empresas transnacionales se han vuelto tan poderosas como los Estados nacionales.

- ¿Cómo llegaron allí?, preguntó Zeus.

- Yo diría que, gracias a la libertad de comunicación, grupos de la misma naturaleza pueden ahora reunirse y fundar comunidades. Así, los GAFAM han creado una red de comunicación sin precedentes y han penetrado en el espacio vital de miles de millones de personas. Esto ha permitido a los cinco grandes dominar sus respectivos mercados, es decir, los sectores de los motores de búsqueda, la información, las redes sociales y el comercio electrónico. Este dominio sin precedentes también les ha permitido posicionarse en sectores digitales clave como las telecomunicaciones, la salud, la energía, los medios de comunicación, las finanzas, la movilidad, etc.

- ¿Así que, además de los cuatro centros de poder mencionados por Ares, están los cinco gigantes de la red?

- Sí, majestad", respondió Atenea con una sonrisa triunfal.

- Cada vez es más complicado. Se quejó Zeus. ¿Algún otro comentario sobre el tema?

Afrodita levantó la mano y pidió la palabra.

- Su majestad, estoy totalmente de acuerdo con Atena y comparto su opinión sobre la importante influencia de los gigantes de la web y las redes sociales en el mundo. Hoy en día, los gobiernos pueden incluso ser derribados por noticias falsas y otros tipos de manipulación masiva. Incluso he visto elecciones enteras influenciadas por estas herramientas digitales. De hecho, creo que también deberíamos utilizarlos. Es más barato que la guerra convencional.

- No es un arma tonta -dijo Zeus, dirigiendo su mirada a los demás miembros de la asamblea de dioses-. ¿Qué te parece?

Apolo reaccionó a esta pregunta de Zeus y tomó la palabra.

- Si me permite decirlo, su majestad, estoy totalmente de acuerdo. Internet y las modernas tecnologías de la comunicación también han revolucionado toda la industria del arte terrenal. Por lo tanto, es algo que no hay que subestimar y que hay que considerar como un arma muy eficaz.

A esto le siguieron las palabras de Dionisio, que compartía la misma opinión.

- Su Majestad, estoy de acuerdo con todo lo que se acaba de decir sobre las redes sociales. Es increíble ver lo fácil que se ha vuelto acceder a una audiencia global con unos pocos clics. Me temo que Hermes se ha quedado sin trabajo, dice con una sonrisa.

- Así que, Hermes, tendré que buscarte otra ocupación - dijo Zeus bromeando-.

Hermes sonrió a su vez y dijo:

- Eso no será necesario, su majestad. Internet ha creado nuevas tareas en la comunicación y a partir de ahora, con su permiso, me encargaré de la comunicación planetaria del Olimpo y de nuestras cuentas de Twitter, nuestras páginas de Facebook, Instagram y nuestro canal de YouTube.

- Excelente, dice Zeus. ¿Algún otro comentario?

Hades tomó la palabra y dio su opinión al respecto.

- Es cierto que este maldito Internet nos plantea un reto en el Tártaro, que hasta ahora ha estado cerrado al mundo exterior. A partir de ahora tengo que asegurarme de que no tengan teléfonos móviles ni acceso a Internet.

Todos se ríen de las palabras de Hades.

- Mi querido Hefesto, ¿cuál es tu posición al respecto?

- Su majestad, es cierto que la excelencia tecnológica de los mortales se basa ahora en Internet, concretamente en el Internet de las Cosas y el Big Data. Así que estoy de acuerdo en que Olympus necesita todas estas tecnologías para poder enfrentarse al Hombre.

- Tienes la autorización para hacerlo, ¡adelante! ordenó Zeus.

Así terminó la primera sesión de la asamblea de dioses, dedicada a la elaboración del plan de Titán. A esto le siguieron otros en los que se discutió ampliamente el enfoque a elegir. Tras varias consultas, los duros, Ares y compañía, no lograron convencer a la asamblea, por lo que se optó por el poder blando, la revolución de terciopelo, como estrategia.

Esta victoria reforzó significativamente la posición de la facción reformista en la asamblea de dioses. Zeus, que al principio se inclinaba por un enfoque más violento, acabó por seguir el consejo de Hera y Atenea. Lo que no sabía era la agenda oculta de Atenea apoyada por Prometeo y Sísifo.

La Guerra

Tras una cuidadosa reflexión y preparación en todos los frentes, los dioses griegos estaban dispuestos a emprender una guerra secreta y silenciosa para desestabilizar a las superpotencias terrestres y ponerlas en contra.

A través de sus cuentas de Twitter, estos *"dioses del tweet"*, en una operación coordinada y orquestada por Hermes, inundaron las redes sociales con teorías conspirativas, noticias falsas, etc.

En cuanto a Twitter, un poco reacio al principio, Zeus le tomó el gusto. Su cuenta (@reydedioses) se convirtió en su arma favorita en la guerra de la información. A medio camino entre una red social y una red profesional, Twitter como red de información demostró ser una herramienta de propaganda y desinformación muy útil para los dioses griegos.

Para lograr sus objetivos, los dioses habían colocado agentes y espías por todo el planeta y así lograron infiltrarse en las alturas de los poderes planetarios, tanto a nivel gubernamental como a nivel de los Cinco Grandes. Manipularon a los responsables de los cuatro centros de poder para provocar crisis políticas y militares en todas partes y sembrar la discordia y así desestabilizar el planeta.

A nivel de la sociedad civil, difunden noticias falsas, contribuyendo así a la elección de populistas, nacionalistas y de la extrema derecha en gobiernos de todo el mundo. Poco a poco, el proteccionismo y las actitudes introvertidas se convirtieron en el orden del día en todas partes, haciendo que el multilateralismo y las instituciones internacionales quedaran obsoletos.

En medio de todo esto, Atenea se vio obligada a hacer un delicado acto de equilibrio, en el que tenía que seguir las órdenes de Zeus y, al mismo tiempo, socavarlas mediante otras actividades secretas, como parte de su colaboración con Prometeo. Estas actividades consistían en gran medida en incitar a las masas a derrocar el viejo sistema y construir uno nuevo. Su principal objetivo era la sociedad civil y las ONG. Estas organizaciones no gubernamentales de la sociedad civil fueron su principal baza para preparar el terreno para un gobierno global. La Guerra Fría entre los dos bloques, es decir, los rusos y los chinos, por un lado, y los occidentales (UE y EE.UU.) por otro, empezó a convertirse en una *"guerra caliente"*. Sin embargo, la disuasión nuclear, es decir, el miedo a un segundo ataque, y las consecuencias irreversibles a largo plazo de una guerra nuclear para el planeta y para la vida en la Tierra, impidieron un enfrentamiento directo. Así, las guerras militares se limitaron a enfrentamientos puntuales en las fronteras terrestres o a ataques preventivos con armas convencionales.

Esto fue un completo callejón sin salida para las potencias planetarias, que ya no pudieron cerrar el trato. Era el momento perfecto para que Prometeo y compañía jugaran sus cartas, es decir, un levantamiento popular que destruyera las viejas estructuras de poder y allanara el camino hacia un gobierno mundial democrático.

El efecto dominó de dicha estrategia resultó ser eficaz y comenzó a acelerarse una reacción en cadena que condujo al colapso de los Estados nacionales.

La UE, aquejada durante mucho tiempo de un complejo de inferioridad, vio la oportunidad de reafirmarse como federadora y se unió a la revolución prometeica.

En Estados Unidos, Berni Sanders fue elegido presidente en funciones y así se unieron a la UE y a Prometeo para establecer un gobierno mundial. Prometeo fue nombrado Secretario General de la ONU, cuyos poderes fueron reforzados y apoyados por el Banco Mundial y el FMI, que pusieron en circulación una moneda planetaria, la Unidad Monetaria Global (UMC).

Los dioses griegos, sorprendidos por este inesperado giro de los acontecimientos, intentaron en vano aliarse con los rusos y los chinos, pero está desesperada empresa fue un monumental fracaso, precipitando el colapso de los estados ruso y chino.

Irónicamente, la estrategia propuesta por Hera y Atenea dio resultado, es decir, colapsar los poderes terrenales, pero al final fueron Prometeo y compañía quienes se beneficiaron.

En cuanto a los perdedores de la guerra, Prometeo anunció una amnistía general y, por razones humanitarias, los dioses griegos (excepto Hera y Atenea) fueron enviados a un manantial de cinco estrellas construido especialmente para ellos en la cima del monte Olimpo, en Grecia. De todos modos, eran inmortales, ¡por lo que no podían ser ejecutados!

El nuevo orden

El increíble giro de los acontecimientos dio lugar a una transformación total del planeta en cuanto a la estructura de poder y la distribución de los recursos naturales y financieros. Bien preparados, Prometeo y compañía comenzaron su programa de reformas masivas con la creación de una Asamblea Constituyente para preparar una constitución mundial.

El proyecto de la nueva constitución mundial se inspiró en las leyes de los países más progresistas del mundo, como los escandinavos. Fue votado (por votación en Internet) por una mayoría absoluta de humanos.

Consciente de todos los males de la humanidad, Prometeo y sus aliados abordaron los principales problemas, a saber, el poder, la economía, la ecología y las libertades individuales.

En cuanto al poder del Estado planetario, basándose en el principio de la separación de poderes, se dividió entre tres poderes: legislativo (elegido por sufragio universal directo), ejecutivo y judicial, para evitar su concentración en manos de una sola persona. El resto fue un *copiar y pegar* de las instituciones de la antigua Unión Europea. Sin embargo, para cuestiones muy sensibles y éticas, la Constitución prevé la celebración de referendos globales.

El primer paso hacia la realización de *una nación planetaria* fue la abolición de los estados nacionales y la creación de un superestado planetario que federara a toda la humanidad. La abolición de las fronteras nacionales desencadenará una euforia planetaria. Sin embargo, la desaparición de 200 tribus terrestres (países) de la noche a la mañana exigió una redefinición del término identidad. Según las nuevas leyes planetarias, la identidad local -es decir, la raza, la lengua, la cultura y la historia- fue sustituida por la noción de "*Homo sapiens*", que indica que somos la misma especie.

Este cambio radical fue resentido por los nacionalistas y su necesidad de sentirse orgullosos de sus orígenes y de identificarse con algo más allá de sus propios logros. Según la nueva ley racial, el único criterio de identidad es ahora el genoma.

Otro paso radical hacia la armonización humana fue *la reforma lingüística*. Prevé la supresión gradual de las 6.000 lenguas terrestres reduciéndolas a seis lenguas principales: inglés, chino, hindi, árabe y francés como lengua de la diplomacia en las instituciones mundiales.

Evidentemente, esto no gustó a los partidarios de la diversidad en la Tierra, que temían la pérdida de un patrimonio humano, así como la pérdida de los conocimientos captados por estas lenguas abolidas.

En el plano económico, se emprendieron varias reformas, empezando por la "*nacionalización*" de todos los sectores clave bajo la supervisión de un Ministerio de Producción Mundial. Este último se encargó de establecer una división del trabajo optimizada e internacional, basada en las ventajas comparativas de cada región del mundo. En otras palabras, para evitar la producción de los mismos productos en todas partes, cada región del mundo tuvo que especializarse en la producción de aquellos bienes económicos en los que tenía una ventaja comparativa.

A ello se sumó la libre circulación de personas, capitales y mercancías por todo el mundo, lo que aumentó la eficacia de este modelo económico. Muy consciente de los excesos del capitalismo financiero desenfrenado, Epimeteo impulsó una reforma estructural de los mercados financieros destinada a suprimir los fondos de cobertura y los instrumentos financieros de riesgo.

Y, por último, se establece *una renta básica universal* para toda la humanidad desde la mayoría de edad hasta la muerte. Esta renta consistía en un pago mensual a cada ciudadano sin ninguna condición, que podía acumularse con otros ingresos como los salarios. Esto dio a la gente la opción de trabajar para ganar más. Para financiar esta polémica reforma, se aplicó un nuevo impuesto a las transacciones financieras.

En cuanto a la población mundial, según las simulaciones de Prometeo y Atenea, para un patrón de consumo razonable, la población ideal de la Tierra sería de unos 4.000 millones de personas. Por ello, era necesario reducir la superpoblación, especialmente en las zonas menos ricas del planeta. Entre las medidas vinculadas a esta nueva política demográfica para el planeta, se aceleró la introducción de medidas de control de la natalidad en las regiones más pobres del planeta y, como medida adicional, se legalizó el aborto en todo el mundo.

En la misma línea, para evitar los flujos migratorios incontrolados, se estableció una distribución organizada de la población mundial desde las zonas superpobladas a las poco pobladas, como Canadá o Australia. Esta inmigración controlada tenía en cuenta las necesidades de recursos humanos de cada región receptora.

Otros proyectos importantes del nuevo gobierno planetario fueron las reformas ecológicas en los sectores de la energía, el transporte y la agricultura.

El nuevo y ambicioso plan energético mundial establece el objetivo de eliminar progresivamente los combustibles fósiles (incluido el gas de esquisto) y la energía nuclear en un periodo de diez años. La única excepción fue el gas natural, que se consideró menos perjudicial. El plan preveía un mejor control de las fuentes de energía y el aumento de la cuota de energía limpia e inagotable en el consumo energético terrestre. La atención se centró en la energía eólica, la solar térmica, la solar fotovoltaica, la biomasa, la geotérmica, la hidráulica y la de las olas.

El sector del transporte terrestre también se vio muy afectado por estas nuevas medidas medioambientales. El proyecto estrella de esta reforma fue la supresión del coche privado y la introducción de un transporte público integral y gratuito. Es decir, un servicio basado en coches autónomos, como el Google Car, en el que, a través de una APP, se pudiera viajar sin tener que preocuparse de aparcar, ya que estos coches eran compartidos y circulaban todo el día. Para los viajes de larga distancia, se introdujeron los drones y los taxis aéreos.

En cuanto a la agricultura, estas reformas ecológicas también incluyeron las dirigidas a la agricultura industrializada y a los OGM, que fueron eliminados gradualmente. Ahora es necesario comer bien y contaminar menos. Entre las soluciones sugeridas por el plan ecológico apoyado fervientemente por el lobby *alternutricionistas* se encontraban la reducción del consumo de carne, alimentos no perecederos y menos contaminantes, así como el consumo de otras fuentes de proteínas como la carne y el pescado sintéticos y, en su caso, proteínas animales como los insectos.

El nuevo mundo estaba decidido a deshacerse de viejas prácticas, como la desigualdad de género, y promovía el matrimonio para todos. A ello se sumó la abolición de la pena capital, la autorización de la eutanasia y la tan esperada legalización del cannabis.

A pesar de la oposición de la antigua UE y para acabar de una vez por todas con el choque de civilizaciones y las guerras de religión, *se prohibió la religión*. Se cerraron las escuelas religiosas y se confiscaron los bienes de todas las organizaciones religiosas y sus lugares de culto se convirtieron en museos y se pusieron a disposición de los artistas. Esto supuso una gran conmoción para las comunidades religiosas de la Tierra, que vieron desaparecer su "*razón de ser*" de la noche a la mañana.

Los efectos positivos de esta reforma religiosa fueron que puso fin a los grandes conflictos territoriales de origen religioso, como la crisis palestina, la irlandesa, la indo-paquistaní y la greco-turca, etc.

El nuevo orden, tan apreciado por la mayoría de los humanos, asustó a los intelectuales terrestres que temían que tal concentración y centralización del poder a nivel planetario condujera a *una dictadura ecológica planetaria.* Las voces comenzaron a alzarse y a desafiar el nuevo orden mundial.

Según estos opositores al nuevo orden mundial, el colectivismo había conducido a una especie de estatismo, supervisado por una democracia ampliada. Es decir, un capitalismo de Estado que había producido una nueva clase, la burocracia. De qué otra manera se podría vigilar y organizar un planeta sin un ejército de inspectores y burócratas que obedezcan pasivamente la nueva doctrina planetaria de Prometeo.

Prometeo y sus aliados se vieron sorprendidos por estas acusaciones y por el creciente recelo de los empollones terrestres que le habían animado inicialmente. ¿Había hecho algo malo? ¿No era eso lo que querían los reformistas de la Tierra, decididos a ser libres? Después de todo, era la única manera de sacar a la humanidad del caos y preservar la vida en la Tierra.

Su inteligencia cósmica le había autorizado a introducir reformas y a derrocar el orden establecido, y a reconstruir todo para mejor. Quería inventar un mundo basado en la protección y no en la depredación, y así sustituir la rivalidad y la competencia por la cooperación global.

No vio nada malo en destruir la codicia y promover el compartir en lugar de la acumulación. Le preocupaba mucho que esta revolución no sucumbiera a la atracción de la codicia y a la tentación de confiscar los recursos públicos para el enriquecimiento personal de los nuevos líderes mundiales.

Su utopía colectivista apuntaba a una humanidad superior, diferente a la actual. Seres auténticos y completos liberados de la ignorancia, preservados de la miseria y ampliamente realizados en todos los aspectos.

Pero curiosamente, fueron estos últimos los que empezaron a quejarse de la situación. Prometeo se quedó boquiabierto ante esta actitud de la humanidad, ¡tan paradójica!

Epílogo

Desde su cuartel general de 5 estrellas en la cima del Olimpo, Zeus y sus aliados exiliados seguían con entusiasmo los acontecimientos terrenales. A pesar de que todas sus cuentas de redes sociales estaban bloqueadas, pasaba mucho tiempo en su smartphone leyendo noticias de la Tierra y mirando publicaciones en Instagram y Facebook, gracias a sus cuentas falsas. En el fondo, algo le decía que esta situación era temporal y que tarde o temprano la nueva revolución prometeica fracasaría. Había estado esperando esto.

Animado por las noticias de la creciente oposición entre las élites intelectuales del mundo contra la nueva dictadura global, Zeus convocó a sus aliados a una reunión para discutir la situación e idear un nuevo plan.

- Queridos amigos divinos, ¡huelo una revuelta! Va a apestar, va a apestar mucho, ¡te lo aseguro!

- De hecho, he oído que incluso ha habido enfrentamientos y protestas esporádicas de desobediencia civil en algunas partes del planeta", confirmó Ares.

- Queridos amigos, la revolución es como mi padre, devora a sus hijos, tarde o temprano Prometeo pagará cara su traición, añadió Zeus.

- Es cierto que todas las revoluciones terrestres hasta ahora han seguido el mismo camino. Empezaron con idealistas, continuaron con demoledores y terminaron con un tirano. Es inevitable, la mayoría de las revoluciones se han convertido en dictaduras, confirmó Hades.

- Exactamente, confirmó Dionisio, no es a través de las revoluciones que podemos transformar el mundo, sólo generan desorden e injusticia. Básicamente, se trata de un desplazamiento de servidumbre, dijo Poseidón.

- Sí, la desposesión de una clase por otra, añadió Ares.

- Lo que esta gente olvida es la naturaleza del Hombre. Señalo que soy el creador de estas criaturas malditas, añadió Zeus filosóficamente. Intentar rehacerlos es una ilusión. El hombre siempre vuelve a su verdadera naturaleza. Los socialistas lo intentaron, ¿y qué? Resultó ser un proyecto absurdo e irreal. Sin embargo, no culpo a los socialistas por querer crear una sociedad justa, pero acabaron creando una sociedad peor que la anterior.

- Al fin y al cabo, como dicen, el camino al infierno está empedrado de buenas intenciones, bromeó Hades.

- Así que es hora, de una vez por todas, de que estos mortales se lo metan en el cerebro de los cacahuetes: no tiene sentido esperar a la utopía.

Zeus dirigió su mirada a Hermes y le indicó que compartiera su relato sobre la situación geopolítica de la Tierra.

- Mis queridas deidades, comenzó Hermes. Las noticias son bastante alentadoras. La utopía totalitaria de Prometeo ha alcanzado sus límites. ¡Nos llaman todos! Religiosos, soberanistas, ex ejecutivos de GAFAM e incluso por nerds terrícolas que temen un régimen totalitario global. Todos dicen lo mismo: ¡una vuelta al viejo mundo imperfecto!

- Estoy de acuerdo con Hermes en que la utopía de Prometeo y compañía ha resultado ser una ilusión, dice Dionisio. Los humanos no buscan *"la tierra de la abundancia"*. Tenían todo lo que necesitaban gracias a la tecnociencia. No les importa el mañana. Lo único que quieren es poder consumir continuamente nuevos productos, nuevas sensaciones y fiesta.

- De todos modos, tenemos que ponernos a trabajar - añadió Zeus con una sonrisa-, ¡el negocio va viento en popa, queridos amigos!

- ¿Y los aliados de Prometeo? ¿También ha habido una deserción allí?

- Sí, los habrá, tienen miedo, pero en cuanto vean que no están solos se unirán a nosotros, eso seguro", respondió Hermes.

- En cuanto a la logística, tenemos garantías de nuestros amigos rusos y chinos", dijo Zeus. Pero esta vez, no podemos engañarnos. Tenemos que asegurarnos de que nuestros aliados no secuestren la revuelta en su propio beneficio.

Así terminó el encuentro de los dioses griegos. Tras varias reuniones secretas con sus aliados, se puso en marcha el plan Titán II y comenzó una guerra de información. A ello se añaden movimientos separatistas en todo el mundo y una guerra de guerrillas para desestabilizar el régimen mundial.

Aparecieron fracturas dentro del régimen y Prometeo fue abandonado poco a poco por sus aliados. Convocó a Hera y Atenea a un consejo de defensa reducido para preparar mejor su respuesta. Comenzó su discurso de la siguiente manera:

- Mis queridas diosas, nunca imaginé que tendría esta reunión de crisis. A pesar de todos nuestros esfuerzos por liberar al Hombre de la miseria, ¡sigue descontento y manipulado por los revisionistas!

- Comprendo tus preocupaciones y la cacofonía actual -dijo Atenea-. Creo que fuimos demasiado ingenuos en la medida en que sobrestimamos las capacidades de los hombres para construir Utopía. Tal vez, después de todo, Zeus tenía razón cuando dijo que los mortales no eran capaces.

- Pero creía que la utopía se haría realidad si el hombre tenía acceso a las fuerzas que fomentaban su crecimiento. Les di todos los medios para conseguirlo, y aun así nada, observó amargamente Prometeo. O quizás es su inconsciente el que no se ha tenido en cuenta. ¿Tal vez sea una reacción inconsciente por su parte?

- Creo que sé en qué nos equivocamos, -dijo Atena, sonriendo-. "Como bien sabes, el Hombre que creamos no estaba en absoluto adaptado al mundo natural. Le dimos conocimientos y en lugar de utilizarlos para adaptarse al mundo tal y como es, prefirió crear un mundo artificial a su medida, la utopía. Desde entonces, el ser humano se ha embarcado en la búsqueda del País de la abundancia, un paraíso terrenal donde la naturaleza desborda de generosidad para sus habitantes y huéspedes. Es decir, un país imaginario donde un gobernador ideal gobierna un pueblo feliz. Lo único que nuestra *"utopía totalitaria"* tiene en común con el país de la abundancia son sus gobernantes ideales.

- Además, no hace falta decirlo... mira la palabra *"Utopía"* en griego que significa *"lo que no está en ningún sitio"*, o incluso inexistente, añadió Hera.

- Entonces, si lo he entendido bien, ¿está diciendo que hemos creado un animal utópico que intenta constantemente desplazar la realidad para levantar el peso de esta, sin quererlo realmente?

- Sí, yo diría que se trata de una brecha o un simple paréntesis de lo real para producir imágenes y horizontes tranquilizadores y positivos que normalmente se consideran imposibles, dice Hera.

- Sí, y la única ventaja de la utopía es su capacidad de arrancar a la humanidad del presente para despertar en ella la preocupación por el futuro, respondió Atenea.

- Así que, según usted, estábamos completamente equivocados desde el principio.

- Digamos que veo que no funciona. La revolución no ha hecho realidad las esperanzas utópicas de la humanidad. Para que nuestras reformas funcionaran, utilizamos la fuerza y dejamos de lado la democracia, lo que nos convirtió en tiranos, dice Atenea.

- Hera, ¿estás de acuerdo con Atenea?

- Me temo que sí..., dijo Hera. Pensé que nuestra revolución sería diferente de sus versiones terrestres, pero desgraciadamente veo que no es así.

- Cuando pienso en ello, añadió Atena, "la única revolución posible es a nivel personal, intentando mejorar nosotros mismos y esperando que los demás hagan lo mismo, y entonces quizá el mundo sea mejor".

- Veo que ambos están desmoralizados también. ¿Y qué hacemos? ¿Qué sugiere como salida a esta crisis global?

- Creo que debemos ceñirnos a nuestros valores y jugar el partido", dijo Atena.

- ¿Qué quieres decir?, preguntó Prometeo.

- Eso no está mal, confirmó Hera. Creo que necesitamos un referéndum mundial.

- ¿Estás de acuerdo, Atenea?, preguntó Prometeo.

- Parece una idea plausible. Al mismo tiempo, debemos cubrirnos las espaldas y negociar una amnistía total para nosotros y nuestros colaboradores.

- Mi futuro no es mi principal preocupación, ¡todavía no puedo superar esta profunda decepción!

- Comprendo tu decepción, pero al menos lo hemos intentado, y si no ha funcionado, pues peor para los mortales. Ya no tienen excusa, añadió Atenea.

- Al menos podemos tener la conciencia tranquila, ya que hemos hecho todo lo posible.

Tras esta reunión, Prometeo convocó el Consejo de Seguridad Mundial y convocó un referéndum para determinar el destino del régimen planetario.

Como es lógico, el 60% de la humanidad votó por la vuelta al antiguo régimen. Se concedió una amnistía a todos los colaboradores de Prometeo.

En cuanto se conoció el resultado del referéndum, todo el mundo se apresuró a asegurarse una parte del pastel. El mundo se dividió en cinco zonas de influencia: americana, china, rusa, árabe y europea. Los religiosos recuperaron sus bienes confiscados y se reanudó el culto a los dioses.

Un Prometeo amargado y decepcionado dejó el poder y se aisló en una isla griega con Atenea y Hera.

En cuanto a los dioses griegos, reclamaron Grecia como su base y construyeron un majestuoso palacio en lugar de la Acrópolis.

Zeus volvió a ser una celebridad mundial y el símbolo de la liberación del hombre de la tiranía utópica. Creó su propio programa de entrevistas llamado *"Diálogos Celestiales"*, que según las últimas cifras de Mediametria bate todos los récords con una audiencia de dos mil millones cada semana. También vendió a Netflix los derechos televisivos de una película sobre su vida y alguna otra serie sobre TITANOMAQUIA.

Y finalmente, basándose en su capacidad de hacer inmortal a la gente, inició un negocio muy lucrativo de rejuvenecimiento y eterna juventud.

Afrodita lanzó su propia marca de cosméticos, *"Aphrodior"* para las mujeres y *"Terre d'Afphrodite"* para los hombres, que tuvo un éxito mundial.

Apolo se convirtió en anticuario y creó su propia casa de subastas.

En cuanto a Ares, se convirtió en el jefe de una empresa de seguridad estadounidense con un ejército de mercenarios repartidos por todo el planeta.

Artemisa compró un castillo en el corazón de Francia y se dedicó a su afición, la caza.

Atena obtuvo una cátedra en la Universidad de Cambridge y ocasionalmente da conferencias sobre temas de actualidad. También escribió varios libros sobre temas existenciales terrenales.

Deméter entró en el negocio de la alimentación con un éxito fenomenal. Era la mayor productora de carne sintética.

Dionisio se trasladó a Los Ángeles y se convirtió en el jefe de un conglomerado mundial de música y entretenimiento, y sus enormes fiestas en su mansión de Beverley Hills fueron noticia en las revistas de famosos de todo el mundo.

Hades ganó un concurso del gobierno estadounidense para contratar la gestión de todas las prisiones de Estados Unidos.

Además, compró una empresa multinacional especializada en servicios funerarios.

Hefesto comenzó a producir baterías y coches eléctricos y se convirtió en un éxito mundial.

Hera se convirtió en una activista de los derechos de la mujer y se unió al movimiento feminista. Escribió varios libros sobre la familia y el futuro del matrimonio.

Hermes se convirtió en el jefe de LVMH y, como grupo de presión a tiempo parcial, hizo campaña a favor del lujo y de la obligación de llevar ropa de marca en todo el mundo.

Poseidón se alió con los Verdes y fue su diputado en el Parlamento Europeo.

Y la ironía de esta historia era que al final ya no se podía distinguir a los dioses de sus criaturas, ¡los humanos!
Sin embargo, una cosa era cierta: la guerra había conducido a una coexistencia pacífica entre dioses y mortales. Como dijo Zeus en una entrevista con la CNN: *"Si no puedes vencerlos, únete a ellos"*.

Índice

www.ingramcontent.com/pod-product-compliance
Lightning Source LLC
Chambersburg PA
CBHW052016150726
47999CB00004B/1683